Cancer

巨蟹座

6月22日~7月22日

林小仙　著

巨蟹座
#攻星记#
Cancer

你虽柔软，却有力量

中国出版集团　现代出版社

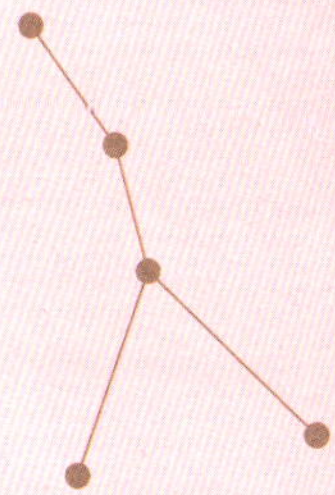

温暖的心灵，虽是柔软，却最有力量。盔甲再厚也无用，心灵硬实才能防身。

愿你的生活既有软肋，也有盔甲；愿你也被这个世界温柔以待。

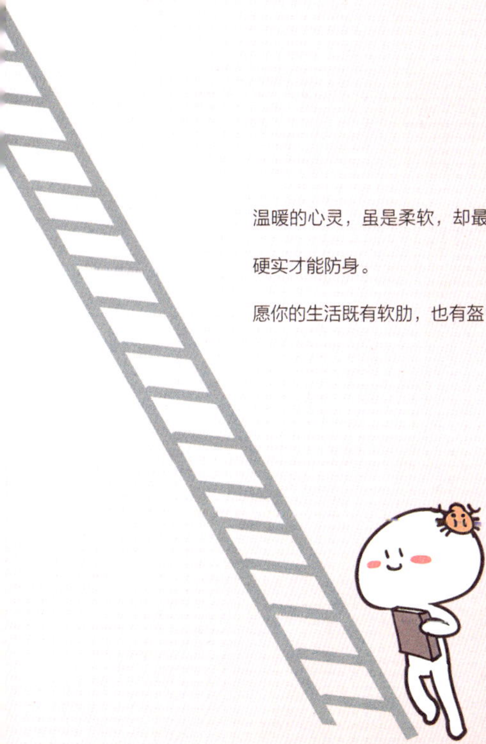

前　言

总在快乐的时候，感到微微的惶恐；在开怀大笑时，流下感动的泪水。我无法相信单纯的幸福，对人生的胜负悲喜，既坦然又不安。这是巨蟹的真实写照。

这个世界变化得太快，握在手中的就一定会是我的吗？不安不安，还是不安。我需要你的怀抱，哪怕只是一小会儿，那也是真真实实的温暖。

巨蟹都是乖孩子，把自己隔离在没有污染的世界里。

巨蟹纯净得你想象不到，过着简单的生活。喜欢一个人是真的喜欢，可以喜欢很久很久，但有一天发现对方变得自己不认识了，巨蟹会毫不犹豫地头也不回地把自己从那段回忆中抽离出来。他不是胆小鬼，只是太会保护自己、太清醒了。

巨蟹座有一个不安的灵魂，你看不到他的全部。他会让你觉得他是快乐的，可是却又有突然的感伤；他让你觉得他是痛苦的，可是一句话就能让他温暖起来。他让你纠结，可是也让你发现简单的美好。

爱巨蟹最好的办法就是陪着他，看他哭为他递上纸巾给他肩膀；他笑则会感染你，让你也很幸福。

巨蟹对于感兴趣的事情抓住不撒手，执着得可怕。尤其对吃的东西比较专一，不轻易改变。直吃到厌恶想吐。对于不感兴趣的人没表情，连装也难。

巨蟹是一个非常单纯的星座，一般很少有自己主动的欲望。往往天真地把一切想得过于美好，因此毫无防备地把自己的全部都展现出来，用心去与人沟通说的就是巨蟹这种傻得出奇的个性。

当然，看似纯洁得了不得的天真性格背后，反面也是巨蟹在成熟之后，要比其他星座都冷血残酷的原因所在。

有时候，巨蟹希望时间停下，就这样和喜欢的人地老天荒；有时候，巨蟹发现身边的人都不了解自己，面对身边的人，突然觉得说不出话。

有时候，巨蟹在自己脆弱的时候，想一个人躲起来，不愿别人看到自己的伤口；有时候，巨蟹突然很想逃离现有的生活，想不顾一切地收拾起简单的行李去流浪。

如果巨蟹一分钟前还话很多，一分钟后非常沉默，那是他开始做梦了。这个时候他不愿意别人来打扰他的梦，尤其是美梦，就算你和他说话，他也会有一句没一句的心不在焉。

记得千万别缠着他，他烦了的话就惨了。这个时候只要待在他身边等他醒来就可以了。

巨蟹座的人，寻找爱情的方式靠感觉。这好比骑自行车，就算你十年、二十年都没骑过，但当你再次骑上自行车的那一刻，以前骑自行车的感觉一点都不陌生。就像巨蟹真心爱的人，就算分开很久，当再次相遇的时候，对对方的感觉依旧。

巨蟹座具有与生俱来的敏锐的洞察力与聪颖的天资，他知道自己的优势在哪里。

聪明的巨蟹座比一般人更容易抓住事情的核心，但理解不代表会复制学习，而且不论巨蟹座再怎么聪明，再纵观全局，他仍会在爱情上做自残似的妥协，以为自己的让步或装聋作哑能够获得爱人的回头与深爱。

当一个巨蟹对你说“我爱你”，请你注意了，一定要认真。因为巨蟹是一个很奇怪的星座，即使心里爱你百分之二百，也只会在嘴上承认百分之二十。

如果巨蟹沉默了，那么他的心一定是滴血一样痛，那是因为他最在乎的人或事让他失望了，或许这种失望是因为巨蟹的敏感而胡猜乱想的结果。

但是，巨蟹就是这样，不管是事实还是自己的想象，失望的心情是一样的，而沉默是巨蟹唯一的选择。敏感的巨蟹总在为难着自己。

如果你不小心爱上了巨蟹座，请别因为巨蟹不肯通过沟通和解释去解决问题而愤愤不平。巨蟹只是不知道该怎么说出口而已。有些话巨蟹觉得你会懂，就不必每天说给你听。这时你要冷静地告诉巨蟹你的委屈和疑问。告诉巨蟹，你需要他的帮助和安慰。

巨蟹会慢慢学会理解你，并且努力避免误会再次发生。

巨蟹座总是：明明在深爱，却表达不完美；明知要放弃，却不甘心就此离开；明知是煎熬，却又躲不掉；明知无前路，心却早已收不回来；明知会受伤，却不愿意放手；明知要等待，却傻傻地独自寂寞；明明不联系，却会拼命地想起对方。

不迟到，不说谎，内心温柔，有真性情，有想象力，说话适可而止，说出的话与行动相符，对一切持有善意而坚定，内心有价值观，孩子一样容易付出、容易受伤、容易复原，相信爱，实践爱。这就是巨蟹座。

千万别错过巨蟹座噢。

目　录

第一辑　在爱情里，你甘愿做个傻瓜

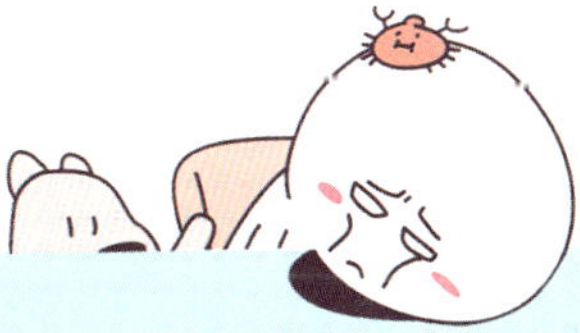

第二辑　笑起来是个孩子，冷起来是个谜

第三辑　一个人怕孤独，两个人怕辜负

第四辑　不是没你不行，而是有你更好

第五辑　如果你不愿意，没有谁可以伤害到你

第六辑　总是在快乐的时候，感到微微的惶恐

第一辑

在爱情里，你甘愿做个傻瓜

巨蟹是心软的，容易被感动，即使表面看起来总是有一副硬硬的壳，但那壳子底下是一颗柔软的心。他面对一份感情是犹豫再三的，不要说他懦弱，巨蟹只是明白，自己是容易受伤的。

巨蟹座是个名副其实的傻瓜。特别执着，让人捉摸不透；没有安全感，占有欲强；大道理可以给朋友讲千遍万遍，可一到自己身上，什么都不管用了。

你只要给巨蟹座一点甜头，巨蟹很快就会放下他的决心。傻瓜巨蟹，虽然放不下，也不会表现得那么明显。因为巨蟹知道，自己是真的放不下！

为情所惑的都是傻瓜，而傻瓜是无药可医的

巨蟹爱你的时候，哪怕别人说你再多不好，哪怕没有人支持，他也爱得生怕别人抢走你。

巨蟹是个既骄傲，又不自信的星座。他总是充满了矛盾，总是心软，总是善良，甚至他有些傻，容易轻信别人。

在爱情里，他总是在狠狠受伤之后才看出对错，但下次依旧会犯。在看过一次次谎言或欺骗之后，慢慢地自我保护会让巨蟹越来越不像巨蟹，但是如果你能够让他敞开心扉，你会发现，他还是那个傻瓜，从未变过。

头脑可以接受劝告，但心却不能，
而爱因为没学地理，
所以不识边界。
我是傻瓜，心里只有你的傻瓜，
你是傻瓜，连我的心都不知道的傻瓜。

一个人不怕自讨苦吃的时候，才是爱情最强的时候。当一个人遇见了他真爱的人,那么他甘愿做个不怕自讨苦吃的傻瓜。

只是被爱的人永远都不会知道，这个傻瓜因为爱你，在你看不到的地方，做了多少你不知道的事。

为什么世界上会有傻瓜？因为没了傻瓜，谁都不聪明。

在你的世界里，也许就有这么一个傻瓜，他给你他拥有的一切，唯独不给承诺；他爱着你的一切，唯独不觊觎你的爱情。他只是傻傻地爱着你，在心里默默地祝福你，哪怕到后来，彼此在人海里走散，在故事之后结局成谜。

在你的世界里，也许就有这么一个傻瓜，不管你对他说过多少伤人的话，做过多少伤心的事情，他都不会怪你，而只是在心里默默地承受。他不擅长讨好，也不会对你甜言蜜语，但是他愿意陪着你，用行动告诉你，他一直在你身边。

在你的世界里，也许就有这么一个傻瓜，他很容易忘记很多事情，但是他记得你说过的每一句话，记得你所有的喜好与厌恶。他懂你的顾忌，也知道你的烦忧，因为在他的世界里，你是他的全部。

就是这么一个傻瓜，总在失眠的夜晚静静地想着你，在伤心难过的时候偷偷地念着你，但是他从不奢望能得到你的一丝安慰。

就是这么一个傻瓜，在别人面前可以高谈阔论，但在你面前就变成了结巴；在别人面前无所畏惧，但唯有对你唯唯诺诺，唯恐惊扰到你一丝一毫。

有时候，他不想跟任何人说一句话，但到你面前，他总是会没话找话，然后滔滔不绝，因为他怕你觉得无聊。他从来不会去问你过去的事，因为他怕你一不小心生产回忆，然后陷入突然的沉默。

每个人的爱情里，都会有这样一个甘愿做傻瓜的人，他让爱情变得美好、纯洁、简单。

这个傻瓜告诉每一个在爱情里沉浮的人：两个人之间平时不需要猜测心意，不用担心行踪，不害怕在无意之间激怒，不怀疑做任何事情的动机；两个人之间，有一点牵挂，却不会纠缠；两个人之间，有一点想念，却不会伤心。

总在快乐的时候，感到微微的惶恐；在开怀大笑时，流下感动的泪水。我无法相信单纯的幸福，对人生的期负悲喜，既坦然又不安。这是巨蟹的真实写照。

你以为和你好聚好散的人是有风度？那些都是假的。

总有一天你会知道，愿意留下来浪费时间陪你，愿意浪费情绪去回忆你的傻瓜，才是真的爱你。

亲爱的，你可曾珍惜你生命中的那个傻瓜吗？

这个傻瓜也许和你不曾有过约定，但他必定有一颗不眠的心，仅仅为你。即便你和他隔着千山万水，也隔不断他对你的想念。

他告诉了你，在爱情里，没有规则，没有对错，没有英雄，没有智者，更没有天才，只会有一个心甘情愿的傻瓜，愿意牵着你的手，傻傻地爱着你，傻傻地幸福着，傻傻地和你度过平凡又美好的一生。

在爱情的世界里，你愿意做一个明白人还是一个傻瓜？恋爱中的你是理性多一点儿还是感性多一点儿呢？

也许在生活中，我们往往是在该感性的时候却理智，在该理智的时候却感情用事。其实，有时我们也要像傻瓜一样去爱，因为只有当爱成了一件简单的事，爱才能持久和深刻。

遭遇爱情，有人愿意做一个傻瓜，因为相信命中注定，因

巨蟹可以喜欢一个人很久，但若发现对方已经“事实上”放弃了自己，巨蟹会头也不回地离开。巨蟹不是胆小鬼，不是不敢等待，而是太会保护自己了。因为巨蟹知道，等待一个放弃了自己的人，就像是在飞机场等一艘船来。

Cancer

为相信有缘相见，所以没有必要为了捕风捉影的事情，让自己的爱情不堪回首；而有些人，希望自己做一个明白人，不希望自己在面对爱情时，是自欺欺人。

不是有个成语叫“大智若愚”吗？看上去傻傻的，可能才是真的智者；那些看上去痴痴的，可能才是深沉的爱。

如果你伤害了巨蟹，放心吧，他不会报复，只会对你避而远之；如果你污蔑了巨蟹，放心吧，他不会解释，只会与你从此不相往来。因为他只相信沉默是最大的报复，时间是最好的证明。

不打搅，
是我最后的温柔

巨蟹都是乖孩子，把自己隔离在没有污染的世界里。

巨蟹纯净得你想象不到，过着简单的生活。他若喜欢上一个人，是真的喜欢，且可以喜欢很久很久。但若后来发现对方已经“事实上”放弃了自己，巨蟹就会毫不犹豫地、头也不回地把自己从那段感情中抽离出来。

巨蟹不是胆小鬼，不是不敢等待，而是太会保护自己，太清醒了。

巨蟹知道，等待一个已经放弃了自己的人，就像是在飞机场等一艘船来。

在很多时候，
客气不是用来表达修养和礼貌的，
是用来制造距离的。

曾经以为，浪漫是能够奋不顾身地去爱你；后来才知道，浪漫是能够放手给你自由，却默默地把你留在心底。不打搅，才是最后的温柔。

你应该逐渐明白：当他爱你时，你做的任何事，都会叫他痴狂的爱；当他不爱你时，你做的任何事，都变成了他不堪忍受的骚扰。

爱情，来的时候轰轰烈烈，让人心潮澎湃；去的时候无声无息，使人万念俱灰……爱情从来都不是天道酬勤，不要再苦苦去卑微自己。

你若是想念他，但只是想而已，而不去打扰他。所以有时候，你只好为难你自己。

也许你会在夜深人静的时候想起他，也许还会放上一段优美的音乐，沏上一杯淡淡的花茶，捧着一本厚厚的小说，在字里行间寻找他的影子。

他的身影很模糊，他的脸庞很朦胧，但这并不影响你想他的情绪。

你没有很想他，只是在高兴的时候会想起他，他是你第一个想要分享的人；你没有很想他，只是在不高兴的时候会想起他，他是你第一个想要倾诉的人。

你没有很想他，只是在听歌的时候会突然想起他，只因为那歌词里写的好像你和他；你没有很想他，只是在逛街的时候会突然想起他，只因为精品店里的那对泥人好像你和他。

你没有很想他，只是在看书的时候会突然想起他，只因为那书中的男女主角好像你和他……

你逐渐明白，世界上最可怕的事情，莫过于有眼睛却发现不了美，有耳朵却不会欣赏音乐，有心灵却无法理解什么是爱情，有爱过却不会感动和回忆。

你要知道，你喜欢的人未必愿意留在你身边，只有爱你的人才会一生一世陪伴你。

你要知道，一个人当他爱你的时候，是真的爱你，可是当他不爱你的时候，也是真的不爱你了。

你要知道，一个人在爱你的时候，没有办法假装不爱你；

巨蟹极度缺乏安全感，他喜欢被需要的感觉，整天都爱黏着喜欢的人，基本是，你 分钟不理我，那你就是在和别人谈恋爱。

巨蟹在抢东西方面总是最弱的。属于自己的东西总是被人抢走还一副无所谓的样子，给人留下懦弱无用形象。其实，不是巨蟹没有能力去争抢，只是他相信，真正属于自己的东西是不用去争去抢的。

同样的，当他不再爱你的时候，也真的没有办法再假装爱你。因为感情这种东西最难伪装。

所以对于那些已然逝去的感情，选择不打搅的方式，这是你对他最后的温柔。

有时候，你很想念一个人，但你不会打电话给他。打电话给他，不知道说什么好，还是不打比较好。想念一个人，不一定要听到他的声音。听到了他的声音，也许就是另一回事。

想象中的一切，往往比现实稍微美好一点。想念中的那个人，也比现实稍微温暖一点。思念好像很遥远的一回事，有时却偏偏比现实亲近一点。

所以你要选择等待，这是你对自己最好的保护。即便有人说你圆滑、说你世故，可是你要知道一件事：如果你自己不保护自己，这个世界上就没有人会保护你。

你要始终相信，会有一个合适的人，穿越这个世间汹涌的人群，捧着满腔的热和沉甸甸的爱，走向你，抓紧你，所以你要等。

你要始终相信，会有人心疼你的眼泪，看你皱眉都揪心；会有人知道你怕黑，紧紧地拥抱你；会有人伴你走遍千山万水，看遍世间美好；会有人在你哭泣的时候为你擦干眼泪；会有人爱你比爱他自己还多……

所以，你要等。

不要再给一个人哪怕一点点的突如其来的关心。不是每一次你的出现他都会觉得幸福。如果结局不是你想要的，那么请你狠下心来，不去参与这个过程。

如果不能在一起，就不要给对方任何希望任何暗示，这才是最大的担当；分开了，不去打搅，让对方安然生活，这才是最后的温柔。

别去打扰那些已活在你记忆中的人，也许这才是最适合你们的距离。

这世间所有的遇见，都是早有安排

巨蟹很容易把一个以前从未接触过的陌生人定义为好人，别人说什么他都很相信。

巨蟹一旦对别人建立良好的印象就很难消除，很容易被感动，最有报恩的冲动。你要是毫无条件地帮他一回，他可能表面不动声色，却暗暗想把你一辈子都包揽照顾起来。

遇见巨蟹座对他好一点，是稳赚不赔的事情。

最后得到好东西，不是幸运，
必须有前面的苦心经营，
才有后面的偶然相遇。

从前，你的生命是一条直线，后来转弯了，只是为了与那个人遇见。

世界真的很大，好像一转身，就不知道谁会消失；世界也真的很小，好像一转身，就能与他相遇。

你已经不是一个小女孩了，不会再相信突然有一天出现一个白马王子，带给你一辈子的幸福。但你坚信，两个平凡的人，偶然遇到，慢慢地离不开彼此，无论发生什么，两个人都会一起面对。

他累了，你给他泡杯咖啡；晚上打雷下雨，他会抱着你，你就不会害怕。也许，对这样平淡温暖的日子你觉得那才是你想要的幸福。

也因为你曾经遇到了这样一个彩虹般绚丽的人，所以从此以后，其他人不过就是匆匆浮云。因为他让你相信：这世间所有的遇见，都是早有安排。

爱，是一场天时地利的相遇，无须等待，也不必准备。

属于你的，没人能拿走；能拿走的，都不属于你。更好的一定会到来！你若生活在别人的眼神里，就会迷失在自己的心路上。

很长很长一段时间，你都觉得你是在等待一个人，一个可以陪你很久很久的人。

后来你才知道，更多的时候，你等的不是誓言，你需要的不是海誓山盟，也不是风花雪月的浪漫，而仅仅是温暖的陪伴，有一个人能让你随时随地想念，不刻意，也不用时刻挂在嘴边，只需要在失眠的夜里，闭上眼，就能浮现那个人的笑脸。

再后来，你逐渐相信了缘分。你开始觉得，蝶只是为花而来，而花独为蝶开。

在等待相遇的路上，你把自己当作一朵花，素朴，淡雅，脉脉流芳，而把那个人看作一只蝶，吸引，诱惑，真情流露。

你也相信，那个人一定也知道，他是为你

而来，而你是为他而盛开。

在清晨的微风里，在午后暖暖的阳光中，在晚霞的红云中，你把自己开放成最美的姿态，只是为了迎接那个人的到来。

因为有了期待、有了盼望，心中便有了幸福的悸动。静静地等待着一场相遇，在心中喜上眉梢，在眼中却上心头，这就是缘分啊，属于你的缘分。于是，你在每一个时刻，深情地凝望远方，悄悄地看着缘分的必经之路。

你把自己开到最浓、最艳、最香、最软，只是为了让自己在最美的时候和他遇见。

遇见他之前，你的生命是晦暗的灰色，即使忧郁，即使彷徨，也唯有空与夜色对酌，饮干孤寂落寞。遇见他以后，你的生命似恍然中染了一抹亮色，灿烂而不炫耀，光彩却不浓艳。

遇见一个对的人，大有一种相见恨晚的挫败感，亦有一种惺惺相惜的喜悦之情，而爱上一个人，是你能想到的最幸福的事。

你也逐渐明白，世间一切富有灵性的事物皆受缘分左右，无论经过怎样的一番周折，也会在缘分的牵引下相逢，亦如你和那个他。

你并没有刻意去摸清楚缘分是怎样奇妙的东西，你也不再为某次相遇而忐忑。即便猜不透、摸不着，你也要习惯顺其自然地去顺应缘分的指引，任命运将你带向他处。

这场遇见，只要不是生与死的告别，你都会欣然接受；只要不是欺瞒和背叛式的结尾，你都乐此不疲地参与。

漫漫人生，总以为美好的遇见，是一朵明亮的蓝莲花在清澈中曼妙绽放，却不曾想到他会把灵魂的伤感，带入根深蒂固的不归路。尘世浮华，阶前月下，风舟摆渡，多少如花的心事随云漂泊，溅落在浩无边际的相思池里。

愿你和那个对的人就这样一直在一起，陪他说一世晚安。

从前车马慢，
一生只够爱一人

巨蟹的确没有吵架的天分，他们生起气来脑子就变得一片空白，乱放箭，找不到利害点。

巨蟹吵架过后，还坐在户外的草坪上发呆，一遍遍地放映当时的一幕幕，却不知道该如何化解这场战争。

因为巨蟹对感情抱有信仰，并相信纯真、相信天长地久，所以他们有时是挑剔的，有时会优柔寡断。

人生最好的时候不是早，也不是晚，有些人你穷尽一生也不会爱，有些人你一眼就会爱上，恰好那个人也爱上你，那就是最好的时候、最巧的时候。

木心说："从前的日色变得慢，车、马、邮件都慢，一生只够爱一个人；从前的锁也好看，钥匙精美有样子，你锁了，人家就懂了。"

一种思念，刻骨铭心；一种等待，望穿天涯。

生命中，总有一个人，缠绕在心头，挥之不去；总有一段情，旖旎在眉间，念了又念。

所有的欢喜，都是一个方向；所有的落寞，都是一个位置。

为了牵念，可以低到尘埃；为了期盼，可以忘却自己。渴望着温馨相伴，等待着真情相拥。思念无声，心在朝与暮；等待无语，情在晨与夕。

有的人，见与不见，皆在心中；有些情，念与不念，都是温暖。

情，不在拥有，用心珍惜，才能长久；爱，不在嘴边，挂念在心，方能相依。

缘分，不论早晚，倾心，能相知；牵念，无论远近，倾情，才能唯一。

当你认真谈过一段感情，最后却分手了，后来你会很难再去喜欢别人，你不想花时间也不想去了解。就好比你写一篇文章快写完了，但老师说你字迹潦草，把作业撕了，让你重新写一遍。

虽然你记得开头和内容，但你也懒得写了，因为一篇文章花光了你所有的精力，只差一个结尾，你却要从头来过。

缘分就是这样玄妙，珍惜缘分，就是懂得爱，懂得爱的无声，只需用心默默聆听；懂得情的无语，只需用心悄悄牵念。

爱是心的默契，情是心的守望。天涯外，是一份遥望；咫尺内，是一份温暖。

没有风的忧伤，只愿雨的洁净相伴；没有海的誓言，只愿水的温柔以报。

默默地守候，深深地疼惜，一句懂得，胜过千言万语，一句我在，便是春暖花开。

一朵花，开了很久，不忍舍弃；一个人，念了很久，不忍忘记。

生命中，总有一段情难舍，总有一个人难忘。留存在心底的记忆，模糊着双眸，缠绵在心中的不舍，扰乱着心尖。

走过风雨，才懂得不舍的是深爱；经过患难，才知道不变的是真心。平淡中的相守，最是美丽；风雨中的陪伴，最是温暖。

一份感情，无须遥不可及的承诺，只要默默珍惜；一份陪伴，无须天涯海角的遥望，只要彼此都懂。在细水长流中，默默守候一份平淡的感情；在风风雨雨中，静静相伴走过岁月沧桑。

爱，在平淡中温暖；情，在相守中丰盈。

相遇很美，美到心动；缘分很暖，暖到落泪。生命中，总有一次相遇，让山水相依偎；总有一次心动，让天涯化咫尺。

一份情，在风的呢喃里柔柔诉说；一份念，在雨的柔情里轻轻曼舞。

爱在心间，相守便是温暖；情在心中，懂得便是最美。

一份真正的感情，需要彼此珍惜；一份执着的守望，需要彼此用心。

不是所有的等待，都能守候成美丽的风景；不是所有的感情，都能成为美丽的故事。用心珍惜每一份爱，用心付出每一份情。

爱，在珍惜里温暖；情，在守候里长久。

平淡的相守最长久，温暖的呵护最知心。

平淡的日子，无须海誓山盟的誓言，只要默默地守候；如水的岁月，无须浪漫心动的激情，只要暖暖地相依。

愿每一个人珍惜你生命中来之不易的缘分，愿每一段感情都经得起风雨，也经得起平凡。让暖暖的在乎和深深的疼惜，成为生命中最美的守候。

假如日光不倾城，我愿陪你走完所有的雨天

对于巨蟹来说，其实另一半有难的时候，他可以发挥所长帮助所爱的人。对很多巨蟹来说，日子过得太好的时候，反而觉得自己没有什么用，就好像是一个附属品。但是当你有难的时候，你才会发现，原来自己的巨蟹座伴侣与你同甘共苦的能力，竟是这么强。

一个无声的拥抱
对一颗不快乐的心来说就是千言万语了。

你深信，会有那么一个人用尽全力爱上你的全部。

他会爱你的哭，你的笑，你的任性，你的温柔，你的依赖，你的自私，你的天真，你的粗心，你的疯狂，你的安静，还有你同样用尽全力爱上他的全部的那颗心，以及甘愿陪他颠沛流离的勇气。

爱，绝不是缺了就找，更不是累了就换。找一个能一起吃苦的，而不是一起享受的；找一个能一起承担的，而不是一起逃避的；找一个能对你负责的，而不是对爱情负责的。

爱不是一个人的事，而是两个人的努力，两个人的奋斗，两个人的共同创造。

和一个人在一起，如果他给你的能量，是让你每天都能高兴地起床，每夜都能安心地入睡，做每一件事都充满动力，对未来满怀期待，那你就没有爱错人。

最合适的感情，永远都不是以爱的名义互相折磨，而是彼此陪伴，成为对方的阳光。陪伴是最长情的告白，如果这辈子只做一件浪漫的事，那就是陪你慢慢变老。

如果你现在有一个很爱很爱你的人，那就请你温柔地待他，就算坎坷，就算风雨满城，你们也可以彼此帮扶，走进幸福的晴天。

如果你现在还是一个人，如果你还不知道你心动的那个人有没有对你心动，那么就在答案揭晓之前，在等待的途中把自己变好，这样你等的人才能从人群中一眼看到你，才能在相遇后不再错过。

未来很遥远，你愿陪他颠沛流离。你想和他一起躺在麦田里，共同守望成熟的气息；你想和他一起站在星空下，共同仰望逝去的年华。他离开，你会祝福；他不去，你会一直守护。

当时光流逝，你也只想在激情退去之后，你们依旧愿意容忍彼此、接纳对方。因为，爱是一种委曲求全的付出。

愿意委屈自己的人，唯一的原因，就是深深爱着对方。

对整个世界而言，你可能只是微不足道的一个人，但对他而言，你是他的全世界。

你总觉得自己不重要，不是因为没能征服世界，而是因为你不能帮助到他，不能解他烦忧，不能护他安康。

在世界中拥有的职位再多，也不如在他心中拥有的席位多来得快乐。对你而言，幸福的价值，就是他肯一直为你在心里留着位子。

如果两个人想好好地在一起，那么必须有一个人特别会忍，还有一个人特别懂得对方的内心。

你要知道谁都不能每天都开心快乐，谁都有很累很累的时候。但是他的疲惫，你看得到；你的难过，他都懂得。然后在双方都难过、不开心的时候，安安静静地陪伴着对方。

即使再难过，但只要想起有个人在默默地陪伴自己，即使是在很远很远的地方，你也能感觉很温暖。

“和你在一起我很高兴。”这或许就是最动听的情话了。

纯真的爱情历经生活的风雨，愈加醇厚和浓酽。曾经热烈的爱情也许变得平淡，可你要把每一个平淡的细节演绎得爱意融融，倾注出山的爱恋和水的柔情，即使沿途有风霜雨雪，只要携手同行，终会抵达幸福的彼岸。

想要过这样一种生活：有情趣做饭，有心情看书，有时间旅行。最最重要的，是这一切都有人陪伴，而且心甘情愿，不畏麻烦。

相爱不是终点，陪伴才是归宿。

爱从来不是清浅的，那里面有成全，有忍耐，有付出，有等待，爱是初次遇见怦然心动，是百转千回依旧挂念，是颠沛流离时还在身边。

爱是一个诺言，也是一场盛宴。爱有时候是对人性的最大考验。

痴情太多，只会被无情所伤

巨蟹永远是一副无所谓的样子，其实内心很脆弱。巨蟹永远是一副不言后悔的样子，其实内心早已矛盾了千万次。

巨蟹难受就爱折腾，这是有目共睹的。道理他都懂，不需要旁人多说，他折腾的时候就让他去折腾。你就跟在旁边听着他稀里哗啦地倾诉就行了，折腾完了他自己撞到头破血流知道疼了，就老实了。

单恋也是一种恋爱，
只要继续喜欢下去，就不算是失恋。
假如每次想起你，
我都会得到一朵花，
那我心中早已开满了一座花园。

如果你是鱼，不要迷恋天空；如果你是鸟，不要痴情海洋。

当你付出太多的时候，你就无法自拔了；你割舍不下的时候，已经不是你喜欢的那个人了，而是那个默默付出的自己。

当你惊叹于自己的付出的时候，你爱上的人，其实只是现在的你自己。到最后，在这场爱的独角戏里，感动的人，只有你自己。

学会放手从来都不是坏事，对自己好一点。因为痴情太多，只会被无情所伤。

巴尔扎克说，痴情的人，总是又聋又瞎。

对于一段爱情的失败，我想也一定有很多人都会陷在不断的自责以及后来的不自信里。自己一个人想了很久，但是怎么想都想不明白，明明那么爱，明明说好要到一辈子的，可是爱情就这样只走到一半便分道扬镳、无疾而终了。

很多人便是这样，每经历一次失恋，便在心里刻下一道疤痕。渐渐的，心便开始千疮百孔了。之后对待下一份爱情的时候就更加小心翼翼，甚至夸张到讨好对方，千方百计提升自己，让自己做到最好。

后来的你，也一定常常在心里默默地问自己，是不是因为自己不够好，在那段爱情里不够爱对方、不够体谅对方，对对方不够温柔、不够关心，因此，对方才会对你越来越冷淡，最后先你一步离开你们的爱情。可是你想了很久也没有想明白。

爱一个人，不需要理由，可是一旦开始不爱一个人了，所有爱的不需要理由就全都成为不爱的理由。可能简单到你今天穿了一件对方看不顺眼的衣服，也能成为他不爱你的理由。

爱的理由既然是不可理喻的，那么我想不爱的理由更是天方夜谭。

我们爱一个人、想一个人的时候，总希望对方也一样爱我们、想我们。岂知爱的最高境界居然是：忘了我吧，免得像我想你一样痛苦。

你也曾这样吗？想不明白为什么你已经做到那么好了，对方还是放开了你的手。

你也曾这样吗？一分手便开始变成了不可理喻的怨妇，把对方从头到尾数落了一遍，把自己变成让别人讨厌的人。

我想问的是，你有没有想过，当你们彼此还爱着的时候，明明是全心全意，所有的承诺都是出自你们的真心，那么分手之后还有什么好埋怨的呢？

总算是在茫茫人海中遇见过，总算是在有生之年相爱过。你有没有想过，因为曾经有过这段爱情、遇过这样的一个人，让你变得比以前美好了。

在爱情的路上，我们也都需要成长。每段爱情都是爱情路上最好的练习。

没有一个人从一开始就知道怎样去爱、怎样去付出，只有不断地尝试、不断地跌倒、不断地受伤，我们才能不断地成长、不断地变得美好。只有越来越美好，我们才能遇见更美好的人！

所以，在爱情里永远不要妄自菲薄。他不爱你，并不表示你不美好；他选择分手，并不表示你做得不够好。

分手了，不要只会埋怨对方，不要让这段

无疾而终的爱情给你留下的只有丑陋的伤疤以及丑陋的心态。

从现在开始，鼓起全部想要爱的勇气，对自己说加油，你可以变得更美好。

从现在开始，鼓起全部想要爱的心，告诉自己，谢谢曾经的伤害，让你在拥有软肋的同时也拥有保护自己的铠甲。

你并不需要遗憾在乎的人离去，也不需要后悔曾经的自己那么全心全意地付出，因为你终会明白：现在的你，变得比以前更好了，未来，你能懂得怎样去爱别人，怎样去为自己建造一个美好未来。

所以，谢谢，谢谢你曾经爱过却走散了的人，谢谢每一段无疾而终的爱情，是他们成全了更好的自己。

越在乎，越卑微

巨蟹跟你不熟时会假装客气。巨蟹一旦开始真准去爱，就会变得热情、宽容、付出，给人充足的安全感和忠诚。巨蟹心情好时非常体贴关心人，心情不好时只能用恐怖来形容，充满了“戾气”。

千万不要和巨蟹赌气冷战，更不要刺激到巨蟹私密又敏感的嫉妒心。巨蟹本身天性冷淡，骨子里的倔强注定巨蟹不惧怕任何人的威胁。所以你跟巨蟹赌气的时候，他说什么你都别当真。

内心强大得足以装下全世界的坏；
内心脆弱得受不了你给别人一点点好。

有人说：“我哪有什么好脾气，我的好脾气都是因为我爱你。”实际上，所有的卑微，都是缘于在乎。越在乎，就越卑微。

但日子不是用来卑微自己的，你表现得越卑微，一些幸福的东西就会离你越远。

张爱玲爱着胡兰成的时候说过，当一个女子爱上一个男子，就会变得很低很低，低到尘埃里去。于是，一个人的时候，我常常在想，如此清高而又有才情的一个女子，怎么会为了一个男子而甘愿低到尘埃里去，并且从尘埃里开出欢喜的花来呢？

后来，慢慢地也就释然了，也许，在张爱玲缠绵悱恻的一生中，胡兰成那时便是她生命中的至爱；也许，在至爱的人面前，一个人会心甘情愿地放低自己，会不由自主地放低自己，即使放得再低，心里也是欢喜的。

有人说，爱到深处是卑微。是的，爱到深处，这份爱一定指的是真爱或者至爱，而卑微，也一定是一颗谦让和包容的心。

但是一个人对所爱的人表现出来的卑微，并不表示这个人在所爱的人面前丧失了尊严，其实，任何一份爱都是神圣的，都是有尊严的，都是不容亵渎的。

卑微，也只是对所爱的人的一种尊重和呵护。

每一个看似卑微的心灵里面，都蕴藏着一份深深的爱恋。

这份爱恋，可能与花前月下的浪漫，与觥筹交错的喧闹，与轻歌曼舞的柔婉给人带来的感受完全不同。

也许，这份爱恋过于平淡，似一泓清泉，少了波光潋滟的炫目；过于平和，似一壶清茶，少了回味无穷的口感。

也许，这份爱恋过于平直，似一缕清风，少了娉婷袅娜的身姿；过于平和，似一幅山水画，少了浓墨重彩的渲染。

我们常常抱怨对方给予的关心不够，对我们的怜惜不深，却忽视了生活中一些细小琐碎的章节，而这些细小琐碎的章节里面往往饱含着我们看似清浅淡薄的一份爱恋。

这份爱恋也许微不足道，也许平淡如水，但是却可以如长流的细水，慢慢地滋润我们心灵的每一个角落。

只是相处的时间太长了，你们便慢慢地淡漠了这份情感，并且感觉不到细微之处所渗透出来的温存和呵护。

有时候，一个人的卑微之举只是一种爱的表现，是一份情的包容，是这个人以一种俯视的心态把自己放在了人性的最低处，而以一种仰慕的姿态把另一方放在了生命的最高处。其实，这样的人才是值得我们敬重和仰视的。

也许，最深邃的道理往往源自于最平淡的事物当中，最深沉的爱恋往往出自于最卑微的举止中。这些看似卑微的举止中，其实都包含着一份足以温暖人一生的爱恋。

爱，有些时候是无须用言语来表达的，是可以跨越时间和空间的。

愿你既要有爱，也能被爱，既要会爱别人，也要会爱自己。

第二辑

笑起来是个孩子，冷起来是个谜

巨蟹极度缺乏安全感，他喜欢被需要的感觉，整天都爱黏着喜欢的人，基本是，你一分钟不理我，那你就是在和别人谈恋爱。

不要看巨蟹表面温和平静的样子，其实他们特别在意你对他说话的表情、语气和用词。如果你一个不小心用错了词，或者是心情不好时，说话的语气重了一点，他们都能感觉得到，只是他们不表露出来而已。

敏感细腻的巨蟹总会为自己留点思念的小空隙，让莫名的情绪随空飞舞，明知没用，却弃之不得，似乎只有这样，才能安放这看似冰冷的心，才不至于在现实中疯掉。

敏感的人，
不容易快乐

巨蟹的敏感就像是玫瑰花的刺，是很美好，但也扎人。

巨蟹的人很敏感，看似什么都不计较、不细心，其实是在包容你，所以会装作什么都不知道。

因为敏感，所以巨蟹很正义，讨厌虚伪、谎言，讨厌欺骗；因为敏感，所以巨蟹吃软不吃硬，不会允许别人的不信任，或者对自己的尊严进行挑战；因为敏感，所以巨蟹很重感情，只要是真心认定的朋友，都会真心对待对方。

不要那么敏感，也不要那么心软，
太敏感和太心软的人，肯定过得不快乐，
别人随便的一句话，你都要胡思乱想一整天。
敏感并不是智慧的证明，
傻瓜甚至疯子有时也会格外敏感。

生活告诉我们，凡是情感丰富、内心敏感的人，无论对于性还是对于爱，都很难拥有：不是找不到，就是极其惨烈。

其实，最好的感情是随意，却又彼此在意；是惬意，却又彼此珍惜。各自独立，而心在一起；各自呼吸，而爱不分离。

两个人在一起，最重要的感觉就是舒服。即使默默不语，也是一种默契；纵然两两相望，也是一种惺惺相惜。距离，让思念生出美丽；懂得，让心灵有了归依。

敏感的人，不一定是内向的，他只是触角很发散，对外部世界的变化非常灵敏，不管是花开了、树绿了、小动物不开心了，还是跟人接触的时候气氛变尴尬了、有人情绪起变化了，他都能很快接收到，并且根据环境做出相应的调整。

明明不是说你的，你非要往自己身上揽，然后生闷气。明明一句无关紧要的话，你非得在心里恨恨地给人家记上一笔，在心里结下梁子，觉得被歧视了。

这种敏感是内心没有安全感的表现，就好像总会担心有人跳出来朝你的短处捅上一刀。

敏感的人易缺乏安全感，并且过分自卑。遇事常会设身处地地为他人着想，生怕自己的言行举止惹得他人不愉快，其实往往不愉快的人是自己。

敏感的人从不愿主动与人打交道，却会热情地迎接并珍惜每一个对自己主动示好的人。

在一段爱情里，你喜欢有他在的空气，没他在的想念，你拥有和他珍贵的回忆以及别人看不懂的默契，你精心把每一段刻有你们印迹的时光都小心放好，你认为，这就是你爱他、他爱你。

一个敏感的人，大多数时间都不幸福，因为太过在乎。在乎在对方眼里的自己够不够好，在乎今天下哪一种雨、飘哪一朵云，在乎牵手的时候太冷清、拥抱的时候不够靠近，在乎会不会突然就失去他。

爱情里没有那么多充分必要条件，你需要一个人并不代表他也同样需要你，你拼了命地想念他，也换不来他不间断的短信和电话。把爱的人当成你的所有，把你当成他的一部分，比较容易失望。

一段理智的爱情，是两个人的时候有彼此，一个人的时候有自己。同是作为年轻人的我们，不可能有饱和的时间让爱来消遣，两个人腻在一起终究没办法给未来生活买单。

当他不在你身边的时候，你可以更努力工作，多看书，听歌种花，你细心照料属于自己的这片森林，好在下一次相遇的时候，会发现彼此都变得越来越好，直到两个人在别人眼里看来都是发着光的，那么这段爱情就是最好的爱情。

既然决定雨天出门，何必去思考需不需要带伞。既然决定要走哪条路，何必去打听要走多久。

电影里的轰轰烈烈的爱情都会以漆黑的片尾终结，现实生活中，唯有那种沉默、淡然的陪伴与扶持最是刻骨铭心，以至于不论结果好坏，都能使你成熟地迈向下一段人生。

心眼儿一多，许多小事就跟着过敏。于是别人多看你一眼，你便觉得他对你有敌意；少看你一眼，你又认定他故意对你冷落。

多心的人一定活得辛苦，因为太容易被别人的情绪所左右。多心的人总是胡思乱想，结果就会使自己动弹不得。

要过多少年，我们才能将激荡的感情收起，变得缄默从容，告别富于诱惑的美好，告别脆弱的精致，告别无用的敏感；不再会遇到风吹草动就草木皆兵，而是变得茁壮，哪怕被误认为是倔强。

慢慢你会明白，有时候，不在意才是最好的状态。不在意的时候，心情最为平静，心态最为平稳，性情最为淡泊，与他人相处最为随和。

这个时候的你，没有多余的热情，没有多疑的猜忌，没有受伤的敏感，没有变态的恼怒，没有期望的焦虑，没有失望的伤心，没有不着边际的幻想，这样更容易快乐。

世上最累人的事情，莫过于一直过着虚伪的日子

巨蟹对于朋友，重质不重量，尤其要求知心。宁可孤独，也不违心。对于爱情，宁缺毋滥。宁可抱憾终生，也不随便凑合。

巨蟹很讨厌欺骗，痛恨玩弄感情的人。对于喜欢的人，会表现得尤为孩子气，那是他天性里最真实的一面；但对于不感兴趣的人，就基本上连表情都懒得摆，连装也难。

与其热闹得引人夺目，步步紧逼，
不如去做一个人群之中真实自然的人，
不张扬，不虚饰，随时保持退后的位置。
世界上最幸福的事，
就是能找到一个喜欢你真实面目的人。

不论是亲情、友情，还是爱情，最好的关系应该是：你可以彻底地做自己，并且别人依然迷恋真实的你。

许多人所谓的成熟，不过是被习俗磨去了棱角，变得世故而实际了。这不是成熟，而是精神的早衰和个性的消亡。

真正的成熟，应当是独特个性的形成，真实自我的发现，是精神上的结果和丰收。

你从小就被下了紧箍咒：要做个好人。所以你长久以来总是要经历被人丢来许多情绪与伤害，当你无法接或没有能力接，你便会被责怪是“自私”“只顾自己”“没有用”等。

于是你习惯性地产生愧疚、自责，你强迫自己不要感受自己，强迫自己变得虚伪，然后要求自己去附和那些将不属于你的情绪丢向你的人，好避免再有愧疚、自责、冲突的不舒服情绪。

你以为，只要当个好人，就不会被指为坏人，也不会再被批评。

你选择与真实的自己远离，遗弃自己，把自己视为没有感受的躯壳，失去了对自己的感觉，也失去了对自己想法的认同，更不知道自己究竟要走向哪里。

为了拿“好人”的奖牌，你付出了不少代价，却仍在收到一句“你不好”的评论时，一切前功尽弃，仍然被打回你“不是好人”的炼狱中，反复地折磨着自己。

为什么一切如幻影般消逝得无影无踪?

你假设，只要自己当了别人口中的“好人”，就会有人爱你、肯定你，但你没有看见的是，你想要交换的东西，那些别人的在乎与肯定，不是你可以控制的。

请还给自己自由，也还给别人自由。还给自己可以自由选择付出与否的权利，也还给别人可以自由选择回应与否的权利。

当你可以接受拒绝也是一种权利的观点时，你才能有能力拒绝，也给别人拒绝的权利。不要把别人的拒绝视为伤害，也不要把自己的拒绝视为对别人的伤害。

停止夸大别人的伟大，也停止夸大自己的伟大。

在这世上，人都是一样，有无助，有脆弱，有失落，有恐惧，有各式各样的困境与压力。停止想象你要拯救谁离开黑暗，也停止想象谁该拯救你离开黑暗，因为每个人都有自己的那片黑暗，都有自己内在真实的处境。

我们能做的，是相互扶持，真心关怀眼下的生命，但过了这一刻，你仍是你，我仍是我。你替代不了我的生命，我也替代不了你的生命。

请试着把真实的自己呈现出来，即使依旧会害怕被羞辱、反对或拒绝，但仍然允许别人看到真实的自己。

请允许自己生气，并且勇敢地直接面对那些不尊重我们的人；也允许自己呈现出脆弱的那一面，包括恐惧、无助、不安全感等。

请记得，我们每个人一生只有一个任务：就是成为真实的自己。如果你无法倾听自己需求的声音，穷尽一生，你和这个世界的关系都会存在坚硬、冰冷的隔阂，也就无法体会真正的喜悦和幸福。

即便来日方长，也不能稍微安心

巨蟹很需要安全感，因此他们在选择恋人或朋友时，会下意识地选择那些能充分满足他们这方面需求的人。巨蟹会格外欣赏那些真诚、讲义气、心无城府的人。

事实上，巨蟹很希望被一名气场强大的人守护，霸道一点儿也没关系，重要的是对方能让自己感到安心，这就够了。

当我们面对一个害怕的人、一桩恐惧的事、一份使人不安的心境时，
克服这种感觉的唯一正确的态度，
便是面对它。

每一个懂事淡定的现在，都有一个很傻很天真的过去；每一个温暖而淡然的如今，都有一个悲伤而不安的曾经。

世界弥漫着焦躁不安的气息，因为每一个人都急于从自己的枷锁中解放出来。

那些我们一直惴惴不安又充满好奇的未来，会在心里隐隐约约地觉得它们是明亮的。即便早就知道了来日方长，可心底依旧难以安宁，依旧无法安心。

实际上，无论什么人，只要你在活着的时候应付不了生活，就应该用一只手拨开笼罩着你的命运的绝望，同时，用另一只手草草记下你在废墟中看到的一切，因为你和别人看到的不同，甚至可能更多。

从婴儿起，我们就习惯了有人呵护的生活；慢慢的，那些呵护自己的人要么老去、要么凋零；再慢慢的，自己就成了那

个拼了命也得给周围人提供呵护的人。

白日奔忙，午夜辗转，“越过山丘，却发现无人等候”，这样的落寞，不只是你一人才有。怎么才能卸掉这挥之不去的压力，忘记满腹辛酸的失望，抛弃患得患失的焦虑？拯救与逍遥，是留还是躲？

实际上，一个人内心中激烈的不安，如果用得好，会变成一种工作的动力。但是，当它失去平衡时，便成了自我摧残的核武器。

城市里的每一个孤独的灵魂，可能孤寂，可能寒冷，可能不安，可能哭泣，但总有那么一刻，你会在自己的生活里找到一丝温暖，包围着你，裹挟着你，伴你慢慢长大。

在人的一生中，越是有本事的人越沉静简单，越是肤浅的人越浮躁不安。

再多的痛，再多的不可得，是否依然会有这样一个角落，安放我们的灵魂；是否会有这样一段音乐，慰藉我们的疲惫；是否会有一个认真的人，终身呵护我们的不安。

越是有故事和阅历的人，表现得越是简单和沉静；而自夸和滔滔不绝的人则更多的是浅薄、浮躁。

越是以自我为中心的人，就越是容易误解别人。他们越是在内心筑起防御的高墙，就越会失去理解他人的能力。从这种意义上说，防御性的人非常想要得到他人的爱，可实际上，他们却没办法赢得人心。

他们永远都在考虑怎么保护自己，否则就会感到不安，不知不觉间就变得防备起来。如果能够理解他人的话，反而能清楚地发现他人对于自己并没什么威胁。让他人成为威胁的并非其他，而是自己防御性的心理姿态。

如果能够关心他人的话，就会发现他人既不像自己以为的那样伤害自己，甚至根本没有能够伤害自己的力量。他人只不过是他人而已。只要能敞开心扉，不难发现这一切。

我们不肯探索自己本身的价值，我们过分看重他人在自己生命里的参与。于是，生活不再美好，担心失去他人令我们惶惑不安。

实际上，唯有梦想才配让你不安，唯有行动才能解除你的不安。

你总是害怕别人不喜欢你，于是焦虑不安；你总是担心自己做的事、说的话得罪别人，所以小心谨慎；你总是把别人的签名对号入座，然后神经过敏；你总是思考太多、顾虑太多，结果寸步难行。

有一天，时间会吹散一切，所有的猜疑，所有的迷惑，以及所有的不安都将隐去，直至一尘不染。而那些封存在岁月里的窖酿，也会在适当之时开启，于某个风清月朗的日子，淡淡品尝。

现在知道了，那些恣意飞扬的岁月里，我们每一次躁动不安的梦想，年轻气盛的誓言，猝不及防的暗恋，义无反顾的摔倒又爬起，其实都藏着一颗饱满的种子。

这颗种子让我们有了脊椎，有了思想，有了人格，通晓了嘴巴和手真正的功能，在人生每一场来势凶猛的暗战中，保全了自己。

笑起来是个孩子，冷起来是个谜

巨蟹的恋人请注意，当巨蟹情绪化的时候，请你装聋作哑，不管巨蟹座有理还是没理，因为巨蟹会逐渐回过神来，然后意识到自己犯病了。

当巨蟹情绪化的时候，请你一定要保持平静，不管巨蟹此时说出多么绝情的话（其实他此时完全不知道自己在说绝情的话）。巨蟹的情绪化，是巨蟹的恋人必须接受的挑战。

总是活在一些极致的情绪里，某一段时间会对生活充满了信心，
但突然在某一瞬间，又会全盘推翻。
你有信心时无所不能，
而你推翻这一切的时候，也是百分之百的灰心。

要做一个不动声色的大人了。不准情绪化，不准偷偷想念，不准回头看。你一直以为人是慢慢变老的，其实不是，人是一瞬间变老的。

生活中难免会出现让人失望的人和事，但真正能使你感到失望的，有时候往往不是事实本身，而是证明了你事先所有不好的预感都是正确的。

你要学会沉默，有些事不必争辩，稳住自己就是对别人最好的回复。

你要学会平静，平静也许没什么快乐，但至少也没多大烦恼。你要善于调解心绪，万事都别耿耿于怀，退一步也许有意外的收获。

你别再去想“如果当初”，所做的每件事都是人生自己的创作，既然向前走了就走下去，把路走好！

很多事，不是你想就能做到的；很多东西，不是你要就能得到的；很多人，不是你留就能留住的。很多美好的事物和人就像指缝间的阳光，温暖，美好，却永远无法抓住。

你行走过爱的荒漠，迷失在来时的路上；你看过沿途的风景，但你只能边走边忘。你不再挣扎，不再纠缠，你知道如何一个人生活。

任何一个人在被爱情追逐的时候，心情都是很复杂的。你也许很开心，但又带着点惶恐，你对这个闯进自己平静的生活的人，有着欲拒还迎的矛盾心理。你不是故意的，但别人可能以为你在考验对方，你其实是在和自己斗争，你怕受到伤害。

不要怕你的主动会带来别人的反感，你不主动，他也不主动，也就慢慢淡下来了。

但愿爱像割过的草地一样会重新长出来，好比小孩子换牙，好比剪短的头发，好比剪掉的指甲，但爱应该按自己的意愿生长，让自己安心。

相爱的人更容易情绪化，更难得平静。其实，任何的吵闹、嫉妒、猜忌、孩子气等行为，都是正常合理的。再完美端庄的人，一旦爱了，也一样像个孩子，偶尔自私，偶尔奢望，偶尔任性。

其实孩子气也没什么不好。人总有一天会长大，何必成熟太早、失去太早。

别说你整天笑哈哈的，没心没肺，其实你只是不想以悲戚的表情面对生活；别说你不懂人心险恶，对谁都一样，其实你只是不想带着怀疑与防备的心对待身边的人。

别说你总是像孩子一般，整天无忧无虑的，其实你只是不想丢失你最初的快乐；别说你小小的人总是很强，其实你经常迷路，你只是希望自己变得勇敢而独立。

唯有爱你的人，才知道为什么你笑起来像个孩子；唯有懂你的人，才能知道为什么你冷起来像个谜。

当别人说你看起来总是那么平静与淡然，只有你自己心里知道，而今的平静与淡然是用多少眼泪学回来的；此时此刻的波澜不惊，又曾几乎被多少波澜淹没过。

生命中所有的挫折与伤痛、所有的经历，都

是为了造就你和锻炼你。不要总说岁月残忍，它其实温柔了你。

最重要的事情是，拥有跟随内心与直觉的勇气，你的内心与直觉多少已经知道你真正想要成为什么样的人，和“成为自己想要成为的那种人”这件事相比，任何其他事物都是次要的。

你要知道自己想要什么，然后笃定地去寻找它，学习、工作是如此，爱情、友情也是如此。

一个人最好的样子就是平静一点、情绪化少一些，哪怕一个人生活，穿越一个又一个城市，走过一条又一条街道，仰望一片又一片天空，见证一次又一次别离。然后在别人质疑你的时候，你可以问心无愧地对自己说：“虽然每一步都走得很慢，但是我不曾退缩过。”

爱情使人忘记时间，
时间也使人忘记爱情

巨蟹很容易满足，但凡谁对他好一点，他就恨不得把心都掏给你。

巨蟹还是心口不一的典范，心里委屈得快死掉了，但就是不说。

巨蟹也有不温柔的时候，也会生气，容易吃醋，最爱胡思乱想……若受不了，就别走进巨蟹的世界。

巨蟹生气时不想说话，巨蟹开心了会傻笑，巨蟹受委屈会放在心里，巨蟹在乎了就想被你知道……

巨蟹喜欢在伤心的时候听伤心的歌，巨蟹喜欢在开心的时候和在乎的人分享。

年轻的时候，
连多愁善感都要渲染得惊天动地。
长大后却学会了，
越痛，越不动声色；
越苦，越保持沉默。

你曾为他折过纸星星，为他织过围巾，写过关于他的日记，为他学做过好吃的菜，也努力把自己变得漂亮。你干过的奋不顾身的傻事，大概再也不会重做一遍了。

爱情的美好与难忘，应该就在于很多事只有一次，仅此一次。

曾经，你以为爱是恒久的，一旦爱上的两个人根本是无须背负任何爱的附庸，就好像藤儿缠在树上，就这么永远依偎下去了。

曾经，你以为梦是蔚蓝的，一旦梦见的念想终有一天会成为梦的结晶，就好像琥珀一般明丽，就这么永远烂漫下去了。

曾经，你以为恨是凝固的，一旦恨上的因果便再无法挣脱恨的束缚，就好像冷却掉的岩流，就这么永远僵持下去了。

曾经，你以为痛是外在的，一旦痛上的表皮能用膏药换来痛的解脱，就好像新生出的肤质，就这么永远愈合下去了。

可是你不知道，有些爱会经受不住自然风雨的侵袭，经受不住两旁花草的诱惑，最终萎靡在某个不经意的转折；有些梦会在还没起航的时候遭受风雨，会在现实的枷锁下面临重重困厄，连迈出一步也异常坎坷。

可是你不知道，有些恨走着走着就淡了忘了，原以为坚硬如岩石的情谊在消融着。

可是你不知道，有些痛却是内在的，根生在心囊的端口，随脉搏的跳动而跳动着，痛入骨髓，却又不能言语。

你总是习惯把事情想得过于偏激，把人生的善恶美丑划分得过于明晰。

若是早知道一切变故会来得这样唐突，无论是向善还是向恶，我们如果敞开胸怀接纳，生命也许就没有那么多虚妄的感慨和顿悟。

有些爱，我们忘不掉，也不愿忘掉，因为我们真爱过，所以懂得珍惜的意义，所以懂得失去的不易，所以不愿任性，渴望将爱握紧。

有些梦，即使烟消云散也会坚守，因为它曾点燃过我们摇摆的内心，和那傲然于狂风暴雨的希望火炬，即使耗尽一辈子也不愿放弃。

有些恨不愿再提起，因为我们长大了，成熟了，明悟了，心胸的开阔和阅历的丰富告诉我们，一切都会成为过去，而美好即将来临。

有些痛就这样消弭了，因为我们不能成为痛苦的奴隶，更不能放大痛苦来换取他人的怜惜，我们的内心应该盛满阳光，快乐地前进。

忘记一个人怎么会需要一辈子？因为，你根本没有试着去忘记，而是一直在怀念、在期待、在做梦。欣赏与深思忘不掉的、不能忘的，就让它在心里占据一个位置。

当时过境迁，你会发现，原本迫不得已要忘掉一个人，现在拼命回忆，却找不出当初要忘掉他的理由，根本不需要刻意忘记，大脑自动就把他删除了。

真正忘记一个人，并非不再想起，而是偶尔想起，心中却不再有波澜。

习惯晚睡的人有个共同点，就是爱胡思乱想

巨蟹是个没有安全感的孩子，爱音乐，怕黑，却习惯晚睡，喜欢隐藏真正的心事，喜欢有口袋的衣服，否则会不知道手放在哪里，习惯抱臂，习惯冷战，有时会突然不知所措。

巨蟹喜欢窗户，喜欢蜷缩，喜欢写字和阅读，有时会莫名的孤单，感到无法抗拒的恐惧。不爱说话的时候沉默得让人难受，但爱说话的时候又可以滔滔不绝。

爱一个人绝不潇洒，
为自己留了后路的，也就不是爱。

可以一秒钟遇到一个人，一分钟认识一个人，一个小时喜欢上一个人，一天时间爱上一个人，但是却要用一辈子去忘记一个人。

习惯晚睡的人有个共同点，就是爱胡思乱想。因为念念不忘，所以更难遗忘。

越是在乎一个人，可能就越不敢靠近他，因为害怕被拒绝，担心被对方的态度伤害。

而越对一个人无所谓，就越能够挥洒自如地去追求，花招百出而毫无顾虑。因为不在乎，就不会被伤害，更不怕伤害别人。

所以，有人怕你，是因为喜欢你。而豁得出去不要脸面的，往往是喜欢得不够。因爱而多心，因不爱而寡情。

当他不爱你的时候，无论过去他是否爱过还是后来忘了，又或者是从未爱过，当你无法再成为他心里的那个人的时候，他的心便不会记得你。

请不要在你不开心时去打搅他，他那里绝对不是你此刻应该的去处；请不要与他讲你的琐事，他没有时间，也没有兴趣去了解你。即使讲了，他也很快会忘记。没有爱，你注定挤不进他的生命。

请不要在他的面前流眼泪，他无法给予你照顾和关心，至多只是一点同情。只有爱你的人，才会真正地珍惜你，而不是旁观者的同情和怜悯。

当他不爱你的时候，你的爱便是他的负担。请不要去计算自己的付出，不要希望有什么回报。你用心，他无心，爱着不爱自己的人，本身便是没有回报的。不要计较对与错，这样会快乐些。

请不要失去自信，因为爱一个人，并非因为他的优秀，而只是一种感觉。他让你有这样的感觉，于是你爱他。同样，他不爱你，也并非你不优秀。优秀，不是爱的理由。还有那么多爱自己的人，淡淡地微笑一下，也是一样甜美的。

当他不爱你的时候，也一定要祝福他。有了爱，便不该有恨，因为你爱他，有爱的日子是快乐的，有缘在一起也是快乐，有过快乐有过爱，就别再有恨。

他失去的是一个爱他的人，而你失去了一个不爱你的人，却得到了一个重新生活、重新去爱的机会。

请你深深地呼吸，一生的路上，铺满了爱的花蕾，总有那么一朵属于你；花儿虽多，却没有重复的一朵，这是生生世世早已经注定的。

当他不爱你的时候，就是你从他生活中消失的时候，你要第一时间离开他，骄傲地过属于自己的生活。同时，你也希望他能幸福快乐，找到属于他的未来。

轻轻拥抱一下回忆里的温暖，轻柔地凝视凋谢的温柔，干干净净地离开。

爱一个人，未必会有结果，曾经拥有的也许会是你一生最美好的回忆。爱是一种感觉，不爱也是一种感觉，而往往难以抉择的是心中的感觉到底是爱还是不爱。

原来握在手里的，不一定就是真正拥有的；所拥有的，也不一定就是真正铭刻在心的。人生很多时候需要自觉地放弃，因为拥有的时候，也许正在失去，而放弃的时候，也许又在重新获得。

常常会在不经意间想起曾经的某个人，不是放不下，只是还记得。遇见某个人，才真正读懂了爱的含义；失去某个人，才真正体会到了心痛的感觉。

走错也是路，因为是错的，所以有更多的艰辛与痛楚，但你却无畏地走着，证明你勇敢。最后，你总会坚强地走出去，进入另一片广阔天地。

爱错了也是爱，即使所有人都说那是错爱，可你还是那么真诚与热烈，说明你坦荡。相信自己，你总会优雅地转身，带着懂得的深刻成就另一段相依。

我只是喜欢，
当年喜欢你的我自己

巨蟹最大的不足就是：感情用事，动了情就会天真、白痴、啰唆、黏人、相信人；有些保守，爱吃醋，死要面子，好冷战。

不要欺骗伤害他，因为巨蟹座是善良的、没心眼的人，你只要给巨蟹一个充足的理由打消他的疑虑，那么他就被你俘虏了。

巨蟹心软、念旧，这没错，但是巨蟹继续对一个人好，是因为他善良，不想伤害任何人。他们念着的只是和你一起的回忆和经历，不是你这个人。

我喜欢你，不是因为你是谁，
而是因为我喜欢和你在一起时的感觉。

有那么一刻，你突然好想告诉他，你又跌倒，你又站起，你又有了开心，你又有了不时难过，你又喜欢一个人，你又能感受到自己的急促与慌乱。

只是，你不再莽撞，不再执着，不再渴望获得，不再只是理所当然地求索。你想告诉他，你喜欢过他，你也喜欢当年喜欢他的你自己。

你爱他，不光因为他的样子，还因为，和他在一起时你的样子。

你爱他，不光因为他为你而做的事，还因为，为了他，你能做成的事。

你爱他，因为他能唤出你最真的那部分，你的傻气、你的弱点。

你以为只要很认真地喜欢，就可以打动这么一个人，到后来却发现，你只是打动了自己。

那一年，他是纠缠于你眉间的清风，他和光阴一起住在了你的心底。飞扬的岁月，把最深刻的东西沉淀下来。心底异常的寂寞，只想说给他听、被他心疼。

他就像上帝派来守护你的天使，你的心门对他一直虚掩着的。你把写给他的情诗折叠，投寄在时光的邮箱，希望他收到的时候，字里行间还淌着你爱的温柔。

每当夕阳西下，思念就如同发了芽的青藤一样蔓延开来。那些深深浅浅的画面，总是往复循环地在记忆里播放，躺着是它，坐着是它，闭上眼睛依旧是它。

年华，是捧在手里的朱砂，总有一颗落在你的心间，磨出了血，浸出了泪。

每个人都有一颗忧伤的灵魂。人生的行走里，我们都是美丽的孤儿，人生旅途，不过静等一朵花开花落的过程。

别人都说你很好，却唤不起他内心爱的感觉；你也觉得他很好，却只能拿来一辈子怀念。

最适合的人，总是在最不能预料的一刻出现，因为世界上所有的美好，都是恰逢花开。

因为爱不是说来就来、说去就去的东西，一旦染上，便是一生甜蜜的负担。

以前你认为那句话很重要，因为你觉得有些话说出来就是一生一世，现在想一想，说不说也没有什么分别，有些事会变的。

你一直以为是你自己赢了，直到有一天你看着镜子，才知道自己输了，在你最美好的时候，你最喜欢的人都不在你身边。

一双脚踩在沙滩上，永远没有踩在一个人的心里留下的印记深刻，爱的深度只能用更深的爱来丈量。

人总是一边寻找着新的风景，一边恋着旧时的记忆。几乎每个人都是如此，时光总是越老越珍贵。

人生邂逅，最美不过初见时的惊艳。那些刹那在心底翻涌的惊喜与悸动，是一生都无法忘怀的滋味。

有些人虽遥远，可每每回眸，都会忽然激起内心的一股股暖流。距离，有时候产生的并不是陌生感，而是更加神奇美丽的火花。

你不再在太多人面前宣泄你的负面情绪。毋庸置疑，对于非常情绪化的你来说，这是一个好现象，或许意味着你开始真正地理解何谓节制。

生活中糟心的时刻依然还有，但你慢慢发觉，自己消化掉这些，所获得的经验和能量要比倾诉和抱怨强大得多。

从前你依赖他人，如今你相信时间和你自己。

看到比你优秀或幸运的人，不酸不妒忌不揣测对方的阴暗面，而是从内心里坦然接受并跃跃欲试，反而受到了莫大的鼓舞，油然而生“变得更好”的渴望。

这才是真的自信。因为你对自己的评价不再依靠与他人的比较，因为你发自内心地爱自己，健康地爱着自己。

第三辑

一个人怕孤独，两个人怕辜负

巨蟹是那种让你感觉很温暖却又很虚无的人。温暖就是巨蟹完全可以不声不响的暖到你的心里去，让你感动，让你觉得全世界都温柔。虚无就是你感觉很了解他，有点了解他，可是发现好像又不怎么了解他。

巨蟹是孤独的，从来不喜欢和别人抢东西，希望在身边的人都是心甘情愿地留下来。人来人往中，要巨蟹对一个人上心不容易，初次接触巨蟹的人都被他那种不冷不热的态度吓走了。

真正走进巨蟹心里的人，就会发现巨蟹对人好起来是没有底线的。那些错过巨蟹的人，绝对是天大的损失。

我寂寞寂寞就好，
你不要在我的回忆里微笑

原谅我是巨蟹座，我不喜欢吵架，我生气不想说话；或者是不出声，或者是玩消失；或者是有一句没一句搭腔；或者是干脆不上线、不开机、不回短信、不接电话……

可是，如果你真的不来找我，我只会确定，你果然不喜欢我。

回忆这东西，
真的能让一个人变成神经病，
前一秒，还是嘴角微扬，
这一秒却湿润了眼眶。

回忆若能下酒，往事便可作一场宿醉，醒来时，天依旧清亮，风仍然分明，而光阴的两岸，终究无法以一苇渡航，你知他心意。

无须更多言语，你必与他相忘于江湖，以沧桑为饮，年华果腹，岁月做衣锦华服，于百转千回后，悄然转身，然后离去。

过去都是假的，回忆是一条没有归途的路，以往的一切春天都无法复原，即使最狂热最坚贞的爱情，归根结底也不过是一种瞬息即逝的现实，唯有孤独永恒。

回忆这东西若是有气味的话，那就是樟脑的香，甜而稳妥，像记得分明的快乐；甜而怅惘，像忘却了的忧愁。

他的笑，他的闹，甚至他的欢喜厌恶，全都牢牢地装进了你心里。

也许对幸福的定义并不相同，所路过的风景也会不同。愿得一心人，需要多大的勇气？茫茫人海里相识，缘分的到来是谁也无法阻挡的。只是，享受欢乐的同时，你也要学会承受失去所带来的苦痛。

一切，没有什么不同，流逝的时光里，留下的仅是与日俱增的思念。

也许是太执着才会放不下。说服得了别人，却始终说服不了你自己。喜欢仰望夜空，漆黑的夜空里，星光闪烁中暗藏了多少故事，也许，星光里真的有人们期许的泪光。

还记得当年纯真又美好的愿望，伴随晚风缓缓飘向远方的天空。十指紧扣的恋人，共同凝视的那片夜空，如今是否能让那一刻定格？

思念偶尔会掺杂酸涩的泪水，而后，为自己擦干泪水，一切都会成为过去。没必要傻傻地守在原地，因为别人可能已经在另一段旅程里。而剩下的，只是你对他最灿烂年华的一个憧憬。

一切的温柔，一切的怀念，也都成为了往事，也该试着为了下一次的遇见，给往事上一道锁。

生活不可能像我们想象的那么好，但也不会像我们想象的那样糟。人的脆弱和坚强都超乎自己的想象。有时，可能脆弱得一句话就泪流满面；有时，也发现自己咬着牙走了很长的路。

爱过一个人，然后分开；疯过一段时间，然后醒悟。

人生总是在不停地长大，含着沙砾，最后成为珍珠。多年以后回首，你会感谢当时那个奋不顾身的自己，虽然那时候的你，会觉得自己傻里傻气，可是人生不就是这样吗，不求回报，不问前程。

有些东西，没有经历过并不会明白；有些情绪，没有折腾过自己，也并不会知道，自己想要的究竟是怎样的人，自己适合的又到底是怎样的感情。

总有一天，你们还会再相遇在这茫茫人海，他拥有他的幸福，你怀着你的笑颜，彼此心里住着那个不可能的人。缘分让你们曾经走到一起，自然也会让你们有一个美好的结局。

曾经很天真地以为这一生非谁不可，其实不

是那样。关于爱情的畅想，并不需要完美，正是那些不完美，让你们真正地活在当下。

人世间不过是一场单薄的相逢，那个人已不是恋人，或许也成不了朋友，时间过去，无关喜欢，只是会很习惯地想起。但我还是希望，你让自己寂寞寂寞就好了，不要让那个他总出现在你的记忆里。

每个人心中都有一座城，住着一个不可能的人，那个人只是路过生命一阵子，不会在记忆里搁浅一辈子。

但希望你依旧对命运感恩，感谢那个人曾经出现在生命里。

about，幸运

物品：新月形状饰品　贝壳

珠宝：月光石　白水晶　欧泊

星期：星期一

颜色：白色　珠光色　银色　银白色　海水蓝

花卉：月见草　月光花　百合　昙花　茉莉花　睡莲　夜来香　洋桔梗

旅居国及地区：
荷兰　美国　菲律宾　法国　葡萄牙　英国　摩洛哥　阿尔及利亚　苏格兰　巴拉圭　毛里求斯　塞内加尔。

方位：东向　北向

爱好：各种收藏　读书　音乐或电影鉴赏　画画等

场所：咖啡厅　海边

我自己生气就好，不用你来指手画脚

巨蟹脾气来的时候，你一定要用软的方法对待他，巨蟹基本都会中招，不好意思再发火，而且巨蟹发完火很快就知道哪里错了。另外，巨蟹其实只对很熟悉的人才发火，对一般人巨蟹不发火，也不屑于发火。

巨蟹是真性情的人，脾气发完后很快忘记，只是心里觉得你是在乎的人才会对你发脾气。巨蟹对你发脾气，你别记仇。他生完气，就好了。也不要在巨蟹生气的时候给他看似合理的建议，

每个人都是一个国王，
在自己的世界里纵横跋扈，
你不要听我的，
但你也不要让我听你的。

因为一个人，你每天很晚入睡，只为了等他，和他聊聊；因为一个人，你会时不时拿起手机，看有没有他的短信；因为一个人，你会莫名地生气，莫名地无理取闹；因为一个人，你变得很纠结，变得不知如何是好。

他的一句话可以改变你的心情，他的一条短信可以左右你一天的情绪。这一切都只是因为他。

你觉得受的伤足够深了，你觉得这份爱足够累了，你厌倦了付出太多而回报太少。所以你决定离开，你决定兀自生气和伤心，于是你让那个人离你远点，更不要再在你的世界里指手画脚。

感情的游戏宝典多数是这样：与其指望遇到一个谁，不如指望自己能吸引那样的人；与其指望每次失落的时候会有正能量出现温暖你，不如指望自己变成一个正能量的人；与其担心未来，还不如现在好好努力。

有时即使有再多的安慰和指点也没用，能说服和鼓励自己的，还是只有自己。而你能做的，只是告诉他："若要离开我，就不要再对我的过去、现在和未来指指点点。我们都一样，都是自己世界里的国王。"

所以，如果他不爱你，请他放手，好让别人有机会爱你；如果他放弃了你，你要放开自己，好让自己有机会爱别人。

人生中也许会经历许多种爱，但千万不要让爱成为一种伤害。生活中到处都存在缘分，缘聚缘散是命中注定的事。有些缘分一开始就注定要失去，有些缘分永远都不会有好结果，可是我们却偏偏渴望创造一种奇迹。

爱一个人不一定要拥有，但拥有一个人就一定要好好地去爱他。如果真诚是一种伤害，请选择谎言；如果谎言是一种伤害，请选择沉默；如果沉默是一种伤害，请选择离开；如果爱是一种伤害，请不要靠近。

好多事是后来才看清楚的，好多事当时一点也不觉得苦，然而你已经找不到来时的路。

如果他是你眼中的一滴泪，想必在爱着的时候，你永远都舍不得哭，因为你怕失去他。

在爱的世界里，没有谁对不起谁，只有谁不珍惜谁。

这个世界上有一种感情，虽然刻骨铭心，却只能擦肩而过，不管是如何爱过，不管是谁转过身，最终都会沉浸那忧伤的时间之海，慢慢麻醉地守着曾经传过情话的电话，听不到它再响起的声音，无力再去拨通那个号码。

到了现在这个年纪，谁都不想再取悦了，跟谁在一起舒服就和谁在一起，包括朋友也是，累了就躲远一点。取悦别人远不如快乐自己。

宁可孤独，也不违心；宁可抱憾，也不将就。

请记住：“能入我心者，我待以君王；不入我心者，不屑敷衍。”

真正的幸福，不是活成别人那样，而是能够按照自己的意愿去生活。

给他吃的，给他时间睡觉，更重要的是，给他一个安定的家。

嘴要甜，眼要尖，手要勤，

明白什么时候该说什么话，什么时候该做什么事儿。

如何与巨蟹愉快地玩耍

- 学会主动，一直主动。
- 切记，秒回信息。
- 认真地听他说话，每一个细节都有“考点”。

- 试着和他换位思考，
  读出他想说却没说出口的那些话。
- 说真话，别自作聪明。
- 时刻准备好能逗笑他的东西，
  因为他随时随地不开心！
- 绝对不要用强硬的手段让他起床，
  让他睡吧！

这样忽冷忽热的，一颗心也会感冒

巨蟹难过时就会一个人不停地走。巨蟹座不会吵不会闹，心痛了用沉默代替一切。巨蟹不会哭不会笑，累了就会消失一下。巨蟹知道，每条路都很难走，巨蟹知道，不可以强求任何人。

巨蟹只是希望，在开始抱怨上天吝啬的时候，有个人可以对巨蟹说："别太在意，我心疼你。"

巨蟹最容易犯的毛病就是对他在乎的人忽冷忽热，与此同时，最让巨蟹难以忍受的，也是别人的忽冷忽热。

你永远不知道，
你那种忽冷忽热的态度多伤人。

你一直以为，与他遇见，是你生命中最美丽的意外，他的笑容曾经无数次出现在你的梦里，每次醒来不是欣喜，便是苦涩，你知道这是缘，也是劫。

你喜欢低着头，看着自己的双脚，耍赖一般站在原地，心里祈祷着要等着他，可你却始终不肯挪动半步，说不上是真的害怕被拒绝，还是无法确定是否被爱。

你喜欢一个人静静地待着，然后期待他给一个信号，或者一点点提示，然而一个不留神，他的身边竟多了一个人，而你依旧待在原地，守着只有自己知道的难过。

别等伤了再去安慰，忽冷忽热谁受得起；别等离开了才知道珍惜，这世界无法制造后悔药；别等心碎了再拿歉意拼凑，碎了的心无法重新愈合；别等人都不在了才知道对方的好。

有个令人尴尬的词，叫作“为时已晚”。

也许，此时此刻，会有另外一个人，正在很努力地来到你身边。所以，不要感觉孤单。

也许你纠结“为何对的爱情来得那么晚”，那是因为上天准备郑重地交给你一份最珍贵的爱情：一开始，就要一辈子。

喜欢一个人没有错，爱上一个人也没有错。或许太多时候，有些事情真的由不得我们做主，生命中总是有太多的不可能，也有太多的不可以，纵是百般挣扎还是没能如愿。

就这样他走了，离开了你的世界，你一直在坚强和柔软间挣扎，不知道怎么面对没有他的日子，思念成为一种习惯。

那些与他有关的喜与愁，那些与他有关的所有痕迹，都已经深深地定格在脑海里，你不知道是因为思念他而落泪，还是因为遗憾而更思念他，数落着满地的悲凉，你用无声抗拒着无情而又漫长的岁月。

有时候，正是为了爱才悄悄躲开，也许躲开的是身影，躲不开的却是那份默默关注他的情怀。

过去的终究是过去了，曾经你错过了他，他也错过了你。是时候该回到没有他的世界了，因为不管你再怎么努力也只能是庸人自扰，其实你心里最明白，明白你该忘记了，明白不该再坚持了。

也许你选择离开的缘由还有很多，似乎每一个都是那么有道理，每一个却又那么弱不禁风。

每一个从生命里走过的人，都是和你有缘的，每一个曾发生的故事，都是岁月的铭记。

他若要远行，你就送他一程好山好水，这一路的风景，不必记取太多，只需记得，那一首叫作曾经的诗，也曾有过温暖，也曾千回百转。

一件事，就算再美好，一旦没有结果，就不要再纠缠，久了你会倦、会累；一个人，就算再留念，如果你抓不住，就要适时放手，久了你会神伤、会心碎。

有时，放弃是另一种坚持，你错失了夏花绚烂，必将会走进秋叶静美。任何事，任何人，都会成为过去，不要跟它过不去，无论多难，我们都要学会抽身而退。

巨蟹宝宝

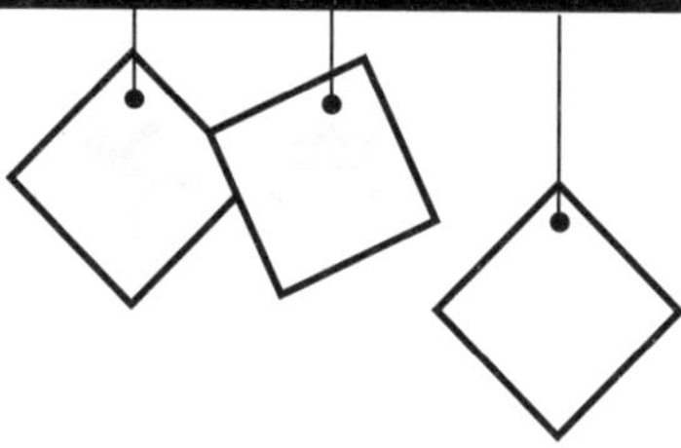

如果他伤害了你 1 分钟，
那么他一定事先伤害了自己 100 分钟。

就像一面镜子，
从他对你的态度里能看到你对他的态度。

不喜欢争，也不愿意和谁分出个高下

超级暖宝宝，堪称行走着的太阳。

高冷和黏人是随机出现的，
喜欢和讨厌也是随机出现的。

最会照顾别人，最会为难自己！

脾气好得没有底线，一旦炸了也是威力无比。

当沉默到来，战争才刚刚开始

千万不要主动和巨蟹赌气冷战，巨蟹本身是冷战高手，骨子里的固执注定不惧怕任何人的冷战。纵然巨蟹舍不得放弃这段感情，但是，只要你冷战，巨蟹绝不苦苦纠缠。

一旦巨蟹想和你冷战，且不再接受你的道歉或者挽留时，那基本上说明这段感情已经没有好转的可能，余下的只是让你自生自灭。

巨蟹的沉默就预示着冷战的开始。

不闻不问不一定是忘记了，
但一定是疏远了，
彼此沉默太久就连主动问候都需要勇气。

有时候不是不懂，只是不想懂；有时候不是不知道，只是不想说出来；有时候不是不明白，而是明白了也不知道该怎么做，于是就保持沉默。

从前以为人在最绝望时会撕心裂肺地恸哭，后来才知道目光空洞的沉默不语才是真的心死。能哭出来是治愈的开始，沉默是心底最大的哭声。

有时候，失望到一定程度后，反而会开出一朵花来，那朵花的名字叫“无所谓”。

而沉默是爱人对你无法掩饰的失落。

有的爱情，不需解释，只用看一眼，就会很明亮；有的爱情，不能解释，多说了一句，就会被戳穿。

有的时候，你选择放手并不是无法坚持，只是因为你发现有些事情注定无法实现。

不要让爱你的人流泪，不要让他伤心，更不要让他绝望和死心！你可知道他只会对他爱的人唠叨，也只会对他在乎的人烦恼。

他唠叨是因为他爱你、关心你、在乎你。如果有一天他不再唠叨你了，那么是他的心伤了。

累了，爱也会走远了。

爱情怕沉默。太多的人，以为爱到深处是无言。其实，爱是很难描述的一种情感，需要详尽的表达和传递。

两个相爱的人可以说、可以笑、可以哭、可以闹，就是不可以沉默！沉默对于人来说是无声无泪的哭泣，你也许会觉得不吵不闹，很惬意，但是如果有一天，你爱的那个人突然安静了，你便走到了后悔的边缘。因为一个长期沉默的人，会如一个没有灵魂的肉体躯壳。

他微笑时，如果你懂，只要握紧他的手，对他微笑就够了；他哭泣时，如果你懂，只要借他一个肩膀，静静地陪他就够了。

他委屈时，如果你懂，只要给他你的怀抱，

让他只在你面前脆弱就够了；他任性时，如果你懂，就会包容，因为陪他的是你，所以他才任性。

你们争吵，你认为他脾气不好，他认为你不够迁就。于是，你们冷战。

你以为他没有完全接受你，他以为你不在乎。而这一切都只是因为他爱你，而这一切都因为你还不够懂他。

你们相处得不温不火，也许一不小心就天长地久；爱情不是你知道他爱你，而是你相信他爱我。

责任不是因为你说了一句 I do，而是因为当初要手牵手走完一生的勇气和决心；信任不是因为你们的关系，而是因为你是独一无二能让他放下戒备的那个人。

全世界都可以不懂，如果你也不懂，那他还有什么话可说？对于一个爱你的人，你可以让他哭，可以让他受委屈，但不要让他沉默无言，因为沉默是一种最深的伤痛。

不要认为，爱人的要求很多。其实，爱人的要求很简单。他只要简单的快乐，只想在你面前毫不掩饰自己的喜怒哀乐，你应该给他一个会心的微笑，而不该是满脸的无奈；你应该给他一个温柔的拥抱，而不是冷漠和沉默。

要知道，只要心里还爱着一个人，就会耐得住孤单和寂寞，但是耐不住爱人在自己身边时的沉默。

越来越任性是因为爱得太深，越来越沉默是因为伤得太痛，越来越礼貌是因为失望透顶。

有时候，他需要的不过是一双可以依靠的臂膀，一个能读懂自己沉默的人。

如果他不理你，你是不是就不会主动来找他。或者，你们就一直沉默，直到他去了别人身边。

距离就是：你不问，我不说。

巨蟹的内心独白

我尊重你给我提的意见，
但做不做是我自己的事情。

我最大的爱好，
就是瘫在床上，像饼一样。

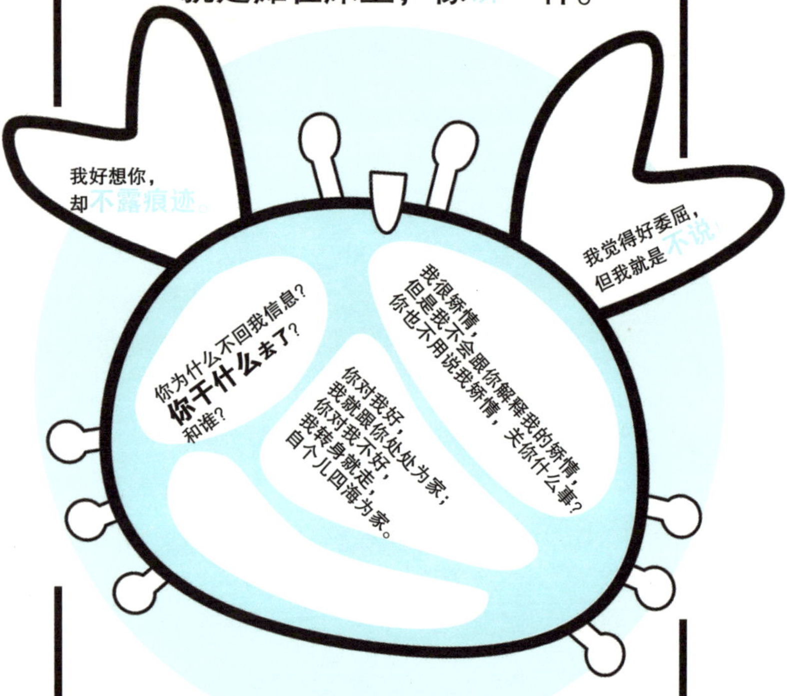

你软，我就对你没脾气；
你硬，我就比你还横！

盔甲再厚也无用，心灵硬实才能防身

巨蟹总是喜欢故意让别人生气令人抓狂，这不是心理变态，而是他觉得你会生气说明你在乎他。这是他们有点傻得可爱的思维方式，他们最怕的不是你生气，而是你的冷落、你的不在乎。

巨蟹最缺的是安全感，并且占有欲和控制欲很强，同时有多重性格、严重精神分裂，是“特大号神经病”患者。

巨蟹有一种强大的个人能力，那就是适应孤独，没有哪一个星座适应孤独的能力可以超过巨蟹。

每次想找个人陪的时候，
就发现有的人不能找，
有的人不该找，
还有的人找不到。

孤独是人生最大的秘密，关于孤独，只要记得两件事：孤独没有不好，不接受孤独才不好。

没有人会喜欢孤独，只是比起失望、放纵，以及冷热交替后的不知所措来说，孤独会让人更踏实。

我们都应该强大到能够适应孤独，就像适应了一种残疾。

你脸上云淡风轻，谁又能了解你咬紧牙关正在死撑；你走路来去如风，谁又能知道你膝上仍有摔伤的瘀青；你笑得没心没肺，谁又能懂得你哭起来只能落泪无声。

有的时候，我们扮坚强，是为了不让人看出脆弱；扮高兴，是为了不让人看到伤口；扮轻松，是为了不让人发觉无助。

所谓成熟，只不过是学会了隐藏，屏蔽了伤心事，懂得什么时候痛而不言，什么时候笑而不语。

每个人的心中，都会装着不愿说出来的心酸和无奈。

有些事只适合埋葬，不能说，也不能想，却又不能放；有些情只适合遗忘，舍不得，求不得，也许更不值得。

不想把疼说给别人听，难言的苦衷只有自己最懂；不愿把脆弱展示给他人看，也许自己才是自己最忠实的听众。

难不难过都是自己过，伤不伤心都是一颗心。

回忆再美，也只是曾经；伤痕再深，也要掩埋心中。带伤的人，都是有故事的人！

有些人只适合去回忆，不能再去见面了，甚至遥远的问候都不能了。不是不想，是不能。想和不想，在于你；能与不能，由不得你。

有些情只适合珍藏，不敢再去留恋了，甚至悄悄的想念都小心翼翼了。不是不念，是不打扰。念与不念，我都在这里；恋与不恋，你还在那里。

深爱着，却不能拥有；思念着，却不再打扰。

虽是过客，却是记忆里的常客；虽然错过，但已是生命里的深刻。

很多时候，爱只要一瞬，忘却需一生。

执迷不悟，也许是铭心刻骨；陷得太苦，过多的是爱的包袱。

忘不了的忘不了，自己无力说服；放不下的放不下，想人的滋味谁也说不清楚。

感情中，无所谓记不记得，只在乎重不重要；不在于重不重要，只在于戒不戒掉。

时间，或许是治愈的良药，但认真爱过的人，终究是忘不了。唯愿他过得比你好，其他的都不重要。

每个人都渴望被理解、被懂得，但很多人，宁可在自己的世界苦苦彷徨，也不去别人的海洋犯傻冲浪。

最想表达的意，往往都一言难尽；最想说出的痛，恰恰是欲说还休。

情感挣扎在心边，止于唇齿；苦楚压抑在心间，辛酸上演。

不懂你的沉默，又怎懂你的难过？不知你的脆弱，又拿什么来寄托？不清楚你的无可奈何，又怎解你的一笑而过？

人与人之间理解最难，心与心之中懂得最艰。所以有时候，突然会觉得自己很孤独。

一个人发呆，一个人无助，一个人彷徨，一个人泪流，整个人与世界格格不入。

然而，当一个人能独自面对所有，能独自默默承受，能独自治愈伤口，能独自破茧而出，整个人又与世界绚烂共舞。

人的坚强不是看外壳有多硬，而是看孤独有多深。盔甲再厚也无用，心灵硬实才能防身。

每个人都有自我的孤独时刻，不要因为暂时无人陪伴就自怜自哀。我们都一样，任何时候都不要妄自菲薄。在这个世界上，最不能放弃的只有自己。亲爱的，我们都要好好的，只想过好这一生。

经历孤独时是迷茫，经过孤独就是蜕变、就是成长。

一个人的孤独，虽败犹荣。

老好人，受了委屈也不说。

天生一副严肃相，
外人看来理智、坚强、不可一世。
却是人间脆弱情种，
内心自虐、偏执、纠结到死。

与其他 11 星座的关系

最欣赏的星座——天蝎

最信任的星座——天秤

最佳工作搭档——狮子

最容易被影响星座——白羊

最易掌握的星座——狮子、天秤、水瓶、金牛

最需注意的星座——处女、射手、白羊、双子

100%协调星座——双鱼、天蝎

90%协调星座——金牛、处女

80%协调星座——巨蟹

同类型星座——白羊、摩羯、天秤

对宫星座——摩羯

注：对宫星座是指 180 度对面的那个星座，而非指对立、对抗的星座，更不是相克的星座；相反，是潜在有共通性、一致性的星座，或者说是最需要对方能量补济的星座。

巨蟹终极解密

生命力：

巨蟹通晓各种生活技能，如健康饮食、工作事务、情感咨询……很顽强！

魅力值：

巨蟹永远不缺朋友，唯独缺的是第一眼缘，因为巨蟹往往都是越看越有吸引力。

智力值：

巨蟹的聪明表现在心里清楚，嘴巴不说，但说的都是好话！

忍耐力：

巨蟹对朋友很有耐心，但对恋人却常常控制不住好自己的脾气。

战斗力：

天生暖宝宝，不宜战斗。

暖心值：

超级暖宝宝，心比针还细。只要你有能力把巨蟹娶回家，相当于同时有了一个女儿，一个妈！

不会有人永远不对你生气，但有人永远都会原谅你

当巨蟹低下头跟你道歉，当巨蟹为你放下冷漠，当巨蟹为你流泪，当巨蟹为你做傻事，当巨蟹为你疯狂，当巨蟹为你冷落朋友，当巨蟹为你收敛霸道脾气，当巨蟹不断关心你，当巨蟹因为你喜怒无常……而放下了尊严、放下面子、流出眼泪还默默忍受——这是巨蟹爱你爱到骨子里的表现。

你永远也不会知道，
那个平时宠你、惯你，却突然对你发脾气的人，
已经忍了你多久。

你不知道你做过什么，但你渴望被原谅；你不知道你说过什么，但你渴望被聆听；你不知道你到过哪里，但你渴望被跟随。你不知道你要到哪里，但你渴望被引领；你不知道你在寻找什么，但你渴望那是能为你生气的人。

如果能早知道，一场不合时宜的爱会像一场梦，你才不会把爱都放在同一个地方，你能原谅别人的荒唐，荒唐的是你没有办法遗忘。

你知道，不会有人永远对你真诚，永远不对你生气，但有些人却可以，永远都会原谅你。

原谅，并非因为心宽，而是因为不舍。不原谅，未必是因罪不可赦，只因心已凉。

真情，一定会让人心软。但凡跟心软毫无关系的情，都只是些假象而已。

当一个人坚持不肯原谅你，不必再多说。坚不可摧的内

心，样样“武器”都有，唯独少了“爱”。

爱的另一个名字，有时候叫“妥协”。

但是你也应该知道，任何原谅都是有底线的。在原则问题上，原谅一个人不能超过三次，否则就是纵容！

所以，别抱怨你所爱的某个人，一直在做伤害你的事，或许是因为你太容易原谅他了。

你今天与他亲密无间，掏心掏肺说过的话，都有可能成为日后他戳伤你的利剑。我不后悔自己做过的每一件事，包括蒙上双眼相信一个人。他日若被万箭穿心，我认。

但你要记得，伤害过后，再无原谅。

不是每句“对不起”都可以换来“没关系”，不是每次犯错都能有被原谅的余地。既然犯错，就做好永远不会被原谅的准备。

这世上除了美食和爱不能辜负，不能辜负的还有信任。

原谅是容易的，但再次信任就没那么容

巨蟹座

巨蟹一下

01 **他的脑子里似乎装着一台世界上最先进的搜索引擎，只有你想不到的，没有他不知道的。**

02 长着一张纯良无害的脸，
吋吋感觉被母爱的光辉庇护着

03 **最怕他使用“第六感”，因为他的第六感，准得可怕。**

04 对他好一点，他就能烂熟于心，
加量不加价地翻倍地还。

05 为居家而生的神奇物种，
超级细心，煤堆里的铅笔芯都能帮忙找出来。

06 **熟练朗读并铭记各种纪念日，并且挨个有惊喜。**

07 真疯起来,他自己都打不过自己。

08 **是最好的聆听者，不会让别人觉得尴尬。**

易了。

如果一份爱情让你变得小心翼翼，那终究你会失去它。太小心地去爱一个人，会渐渐失去自己。

如果一份爱情让你不自觉地变成没心没肺，它或许不是最完美的，却一定是最长久的。你不会担心失去，因为你深信不疑：他一定不会离开。

真正对的人，会让你回到最真实的自己。

你是否这样爱过一个人，自己悄悄地在心里为对方一次又一次修订自我原则，然后一次又一次地原谅对方？故事发生在别人身上是故事，发生在自己身上就是命运了。

爱一个人就是这样，什么都包涵，什么都原谅，老觉得对方可爱、长不大、稚气未脱，什么都是可怜的，总是舍不得。

但后来才发现：能原谅的，不说原谅也会原谅；不能原谅的，说了原谅也不会原谅。

原来，有时候，我们明明原谅了那个人，却无法真正快乐起来，那是因为，你忘了原谅自己。

时间是件极好的东西，原谅了不可原谅的，过去了曾经过不去的。也许你会偶尔想回到之前的时光，但你要知道，人始终要学会向前看。

生活从来都不会停止推你向前，保持专注，别因为后悔而放慢脚步。微笑，原谅，遗忘，然后继续向前。

我们必须选择释怀过去，并原谅每一个人，包括我们自己。我们可能不知道该怎样原谅，也可能不想原谅，但我们说出心甘情愿地原谅这句话时，就开始了疗伤的过程。

如果要自我疗伤，释怀过去并原谅每一个人就成了必须遵守的戒令。

其实，谁喜欢你，你能感觉到；你喜欢谁，他对你爱不爱、在不在意，你也能感觉到。有时候，聪明如你，傻就傻在习惯欺骗自己，承诺了不该给的承诺，坚持了没必要的坚持。

爱情这件事，勉强不了，住不进你心里的人就放他走，你走不进的世界提前先掉头。

你要相信，无论你经历了怎样的苦难，总有一个人的出现，让你原谅上天对你的所有刁难。

没有值得不值得，
只有愿意不愿意

巨蟹希望对方能在意他，他不喜欢求来的东西，他要的是你发自内心的挂念。

浮躁的生活会让巨蟹越来越没有安全感，所以总是想得多、做得少，然后自己给自己找一些不必要的烦恼。

不论是对友情还是爱情，巨蟹都有种纯粹的、偏执的态度，那就是：但凡自己认定的，他都会心甘情愿地为这段关系付出。

只是一起走过一段路而已，
何必把怀念弄得比经过还长？

总有几分钟，其中的每一秒，你都愿意拿一年去换取；总有几颗泪，其中的每一次抽泣，你都愿意拿满手的承诺去代替。

总有几段场景，其中的每幅画面，你都愿意拿全部的力量去铭记；总有几句话，其中的每个字眼，你都愿意拿所有的夜晚去复习。

我想，誓言之美，不在于它能对抗世事无常，而在于今生今世，有那么一瞬间，我们曾经愿意相信它能；回忆之美，不在于它能改变后来的情路艰辛，而在于此后余生，有那么一段时光，曾经让我们心甘情愿地虚度。

我们都会遇到很多人，会告别很多人，会继续往前走，也许还会爱上那么几个人，弄丢那么几个人，关键在于，谁愿意为你停下脚步。

有没有这么一个人，你无数次说过要放弃，但终究还是舍不得；有没有那么一段情，你日日夜夜忍受等待的煎熬，但还是甘愿等下去？

没有人告诉你，这一次的舍不得会有多么丰厚的褒奖；也没有人告诉你，这一次日日夜夜的等待，会有怎样肯定的结局，但你还是心甘情愿地等了下去。

因为你相信，从来都没有值不值得，只有愿不愿意。而任何一件事情，只要心甘情愿，总是能够变得简单。

很多时候，若你不愿意失去，那就必须挽留，所谓的自尊不过是在遗憾的时候聊以劝勉自己的理由罢了。

于是你在心里默念道："你可不可以在我嘴硬的时候，看穿我的内心，给我最好的疼爱？"

于是你在笔记本上默写道："我愿意陪你每一场春夏秋冬，我愿意白发苍苍还牵着你的手，我愿意当你难过时靠着我的肩膀，我愿意打破你所有的不安忐忑，请你相信我，爱其实很简单，只是差了你愿意。"

事实上，这一切只因为你还对那个人有感觉，所以不管你怎么努力，你心里的某部分还是不愿意放手。

不论你愿不愿意承认，我们一生爱过的大部分人，都会从陌生变得熟悉，又从熟悉变得陌生。渐渐的，打动我们的不再是那句“我爱你”，而是一句“我陪你”。

爱情不是终点，陪伴才是归宿；深情固然很好，长情更值得期待。

于是你又开始期待：可不可以和我约定，就算忙碌，就算焦虑，也要在空闲之余说一声“我想你”；就算疲惫，就算郁闷，也要在临睡的时候道一声“晚安”；就算生气，就算吵架，也要在第二天阳光依稀的早晨眯眼微笑；就算无趣，就算平淡，也要在黄昏的街道上坚定地握着彼此的手。

于是你又开始奢望：可不可以和我约定，一辈子都在一起的约定。

因为愿意，所有的等待都变得短暂起来；因为愿意，所有的孤独都变得温柔起来。直到很久之后，当你发现，所有的等待和孤独都毫无结局，全世界都不曾为你的坚守和忍受而特别善待你的时候，你还有勇气对自己说：我选择了什么，就愿意承受什么。

有些感情，明知道不会再继续；有些人，明知道不值得珍惜，可就算嘴里说着无所谓，而面对曾经深爱的人，你还是无法做到心如止水。

但经过之后，你恍然醒悟，当毫不怀疑地相信一个人时，那么你最终有可能得到两种结果：要么得到一个值得托付一生的人，要么得到一个值得铭记一生的教训。

大概经历过低谷的人才会懂得，活在这个看似无情的世界也是一种幸福。

朋友不用多好，落魄的时候不反踩一脚就行；恋爱也不用多刻骨铭心，互相道别过后不再抵死纠缠也是份值得珍惜的回忆。

人与人之间，越是平和，越是能看到好多难能可贵的东西；过去与未来之间，但凡是自己愿意，就都能过得心平气和起来。

第四辑

不是没你不行，而是有你更好

无法看到结局的等待，是巨蟹最难以承受的事情，但又会常常发生。

巨蟹的不安全感让他们在内心大叫着放弃，但是巨蟹的天性中又夹杂着不轻易放手的特点，所以巨蟹在坚持和放弃之间煎熬。

学会放弃是巨蟹要好好进修的一门功课，但如果巨蟹真的决定放弃了，他的坚决会让所有人吃惊。

不是没你不行，
而是有你更好

巨蟹玩的时候可以很疯，但认真的时候就不要把他的言行当玩笑看。

巨蟹可以为一个人把底线放得很低，但不要以为他是没底线的人。巨蟹喜欢也好，厌恶也罢，他的感觉自己最清楚。

巨蟹既温柔，又执着。

对一个人动了真情是怎样的感觉？
两个人都那么丑，
还觉得别人会抢走对方。

没有谁离开谁不行，日子怎么都会过下去。一个人也可以过得很开心、很精彩，看到好笑的事情会笑，听到伤心的歌会哭，吃到好吃的食物会满足。

可以一个人旅行，可以养活自己。一个人，依然可以拥有完整的喜怒哀乐。

可是，当你因为一个笑话笑个不停，你的第一反应是想把某个人拽到面前，吧啦吧啦地讲给他听，然后你们一起笑翻在沙发上。如果你听到一首歌会突然啪嗒啪嗒掉下眼泪，那是因为想到了他。

一个人吃再好吃的东西，也不能“真好吃、真好吃”絮叨个没完，因为他没有在对面笑话你、跟你斗嘴，然后暗自记下，下次还买给你吃。

你知道吗？当你发现已不能与他分担和分享你的生活的时候，你的生活便失了颜色，所有这一切的快乐，都失去了据点。

当然，即便如此，你依然认为你可以一个人生活。但你也同样清楚，他若在场，一切会更美好一些。你明白吗?

遇到一个喜欢的人其实不难，但多少爱情都开始于喜欢，结束于了解。后来明白，所谓合适的人，没有定论，大概是三观相似，兴趣可以不同，但绝不干涉对方，有话题聊，绝不能有暴力倾向，相处和独处一样自然。

这一路，你是你，我是我，不是没你不行，但是有你更好。

遇见他之前，你感觉很孤单，虽然一个人很自由、很清淡、很天然。但你不想找一个人了解自己有多么伟大、有多么的与众不同，只是想找一个人有一样的心境，有相近的爱好，说说话，聊聊天，一起做许多事。

之所以感到孤独，并不是没有人关心你，而是你希望遇见的那个人没有出现。

人这一辈子，会遇见很多人。因为一些原因在一起，又因为一些原因分开了，这些都没什么好留恋的。很多人不联系了，因为开始了新的生活，拥有了新的陪伴，那么就感激曾经的拥有，并且衷心祝福。

爱能让人勇敢，也会让人软弱，但离开谁，生活还是要继续，不是吗?

没有来临的事别胡思乱想，不属于你的人别痴心妄想。好好地活在今朝，珍惜眼前所拥有的，这样就够了。

如果累了，就拉上窗帘关上手机关掉闹钟深呼吸一口气钻进被窝，放空去睡觉。难熬的日子总是需要更多精力。

不是所有的爱好都要有用，只要这爱好带给你快乐，它就是有用的；并不是每个人都适合你，只要适合你的那个人懂得珍惜你，这样才能换来天长地久。

人总要找到一件自己喜欢的事，找一个让自己欢喜的人，这件事和这个人可以让你变得和别人不一样，让你成为一个更有趣的人。

你是一个什么样的人，就会听到什么样的歌，看到什么样的文，写出什么样的字，遇到什么样的人。

你能听到治愈的歌，看到温暖的文，写着

倔强的字，遇到正好的人，你会相信温暖、信念、梦想、坚持这些看起来老掉牙的字眼，因为你就是这样子的人。

也许，你最喜欢的，是能留在有他的城市里，一起看霓虹闪烁。无论风雨，或者晴朗，有他陪你左右，照料你温暖和幸福的心。

也许，你最想要的，是和他一起，走上那条美丽的小路。无论春夏秋冬，有他在你身旁，倾听你快乐和感激的心。

这一刻，你终于明白，世界上正是有了这个人的出现，让你觉得，之前的人生都是为了等待他的到来。

如果他总为别人撑伞，你又何苦为他等在雨中

好多人说巨蟹分手很无情，但有谁知道，当巨蟹断绝来往的时候，已经准备了多长时间，你给他的伤害太多了。

巨蟹也是人，不是冷血动物，如果巨蟹主动跟你分手，爱上巨蟹的人应该好好想想，你把巨蟹伤得有多深。

其实巨蟹很具包容心，甚至爱你的时候连自己的性格都愿意为你改变，只有爱过巨蟹的人才知道。

大部分的痛苦，都是不肯离场的结果；
没有命定的不幸，只有死不放手的执着。

有些事，明知是错的，也要坚持，因为不甘心；有些人，明知是爱的，也要放弃，因为没有结局；有时候，明知没路了，却还在前行，因为习惯了。

你不是碰不到更好的，而是因为有那么一个人，你不想再碰到更好的；你不是不会对别人动心，而是因为有那么一个人，你就觉得没必要再对别人动心；你不是不会爱上别人，而是更加懂得珍惜那个人。即使他不是最好的，但却是你最珍惜的。

曾经拥有的不要忘记，已经得到的更加珍惜；属于自己的不要放弃，已经失去的留作回忆。

如果一个人开始怠慢你，请选择离开。保持一份自信，保住一份尊严，宁可高傲到发霉，也不要死缠到发疯。

有时候，一个人选择离开不是因为自私，而是他清楚，留下只会让事情更糟。

生活中最难过的莫过于当你遇上一个很特别的人，却明白你们永远不可能最后在一起，或迟或早，你都不得不放弃。

或许我们没有再说过话，但不表示我没再想你。试着疏远你，因为我知道我不能再拥有你。

不要说，离开以后还会想念；不要说，分手以后还是朋友。离开一个地方，风景就不再属于你；错过一个人，那人便与你无关。落花本来有意，流水本也无情。

转身的那一秒开始，你的幸福便与他无关。

许多人在分手时，总是痛苦万分，但许多年后你再回头来看，就会发现那时的自己有多可笑。其实，失恋不必难过，该哭的是他，因为他失去了一个爱他的人；而你，不过失去了一个不爱你的人。

你离开不靠谱的人，把机会留给值得爱的人。不放弃错，又如何找到对？所以，分手并不是痛苦，而是幸运。

有多少人在爱的站台苦苦等待终于拿到了

号码牌，却又半路从车上走下来转身回到茫茫人海？有多少人明知道当初自己都不太懂爱，却还是不能释怀没一起努力走向未来？

曾经以为这辈子戒不掉对一个人的依赖，然而现实的生活却告诉你，时间可以把一些事情更改。

喜欢上一个人，是你自愿；放弃回家的机会救一颗心，也是你自愿；后来选择离开那个人，还是你自愿。你从未乞求什么，也绝不想用从前的种种“自愿”来交换什么，喜欢那个人是你一个人的事，离开他也是你一个人的事。

那个人不喜欢你，那么你便也不喜欢他好了，就这么简单。

曾经费尽心思地去讨好一个人，把自己所有的快乐、悲伤都藏起来，只为了得到他哪怕一点点的喜欢。

当所有的付出像抛向空中的石子，得不到回应，却被重力加速度更重地拍打在心上。

当失望将这份感情消磨殆尽，终于可以放下所有的不甘心与执着，重新开始属于自己的生活。

以为只要认真地喜欢，就可以打动他；以为只要坚持，你们终究会修成正果。可是你忘记了，你怎么能叫醒一个装睡的人呢？

后来，你还会发现，能够打动他的人，自始至终都不是你。

而最可怕的是，他站在你一步之遥的距离，看清你所有的心思，却依然无动于衷。

总有一天，你会对着过去的伤痛微笑，你会感谢离开你的那个人，他配不上你的爱、你的好、你的痴心。他终究不是命定的那个人。幸好他不是。

到最后你一定会明白，放弃一个不爱你的人其实并不值得难过，得不到回报的付出就应该适可而止。

到最后你一定会知道，原来不喜欢他的时候你更快乐，你身边还有很多值得你爱的人也在爱着你。

回忆，
是一条没有尽头的路

巨蟹外表温和，偶尔孩子气，内心有狂野的一面，但懂得隐藏。巨蟹喜欢旅游，可是更恋家，是典型的居家型。

巨蟹容易陷入自己的想象世界中不能自拔。高度的细腻敏感（对于自己在意的东西）和高度的冷漠绝情（对于不入眼的东西）并存，情感强烈而绵长，习惯虐人虐己。巨蟹对待回忆郑重而感性，无比怀旧。

怀念是个最安静的动词，
因为持续一生的感伤，藏在这种安静里。
在很久很久以前，你拥有我，我拥有你。

命运的前方，是无尽的分离，我们义无反顾地错下去，直到那个人，从此不见。

他笑时露出的牙齿，他说话时慢慢的语调，他跳过水潭的轻巧，一切你看在眼里、藏在心里，作为在回忆时寻路返回的记号。

有人寻找回忆，有人寻找爱情，有人寻找自己，只是在寻找的路途上不知不觉自己变了，变成了对方不爱的样子，所以对方才会离开。

可是你心里是清楚的，不爱了，便可以找出千万个不爱的理由。而回忆，变成了一条走也走不完、张望也张望不到尽头的路。

有人说，拍照的好处，是可以在人生微凉时，用回忆取暖。也有人说，不要总在回忆里缠绵，不要总是想让昨天的阴雨淋湿今天的行装。昨天的太阳，晒不干今天的衣裳。

但是遗忘从来都不是我们能够左右的，回忆也从来不是我们能够控制的。

原来，我们什么都战胜不了，之前是命运，之后是回忆。

好的地方，还没有离开，便想再来。不管是有目的的前往还是无目的的邂逅，那些因为好而形成记忆的，无非是内心的真正抵达和契合，它们在最美的时候在于我们的心上划下了一道深痕，就像在照片上留下了最有意味的样子，为我们日后的想念留下了依据。

那个恰好年纪遇到的人，带走了恰好年纪里本该有的所有旧时光，留给你的，正是沉甸甸的回忆。

不是他不懂你的悲哀，不明白你的孤寂，而是你即使痛彻心肝，却不能放声哭泣；不是他冷漠地说他已不在意，而是他放手了，你却永远活在遗憾里，不能忘记。

不是让他觉得你不愿意和他在一起，而是离开他以后你痛苦万分，追悔不已；不是你不能说你爱他，而是当你想放下自尊表白时，他已冷漠地说，往事已矣。

世事其实都是在它适当的时候降临，只是我们没有在适当的时候去迎接它。

往事如烟，那些曾经的记忆在大脑里复制粘贴。于是，你的世界角角落落都是关于他。即便是在没有他的地方，你还是离不开那些关于他的消息。

有时候，希望时间为自己停下，就这样和喜欢的人地老天荒；有时候，发现身边的人都不了解自己，面对着身边的人，突然觉得说不出话。

在自己脆弱的时候，想一个人躲起来，不愿别人看到自己的伤口；有时候，突然很想逃离现在的生活，想不顾一切地收拾自己简单的行李去流浪。

有多少人，明明分手了，却还爱着；有多少人，明明还爱着，却已经放手了。

有些人会一直刻在记忆里，即使忘记了他的声音，忘记了他的笑容，忘记了他的脸，但是每当想起他时的那种感受，是永远都不会改变的。

曾经在最纯真的年代相遇，在张扬的青春

里幸福，在岁月的沧桑里分离，盼望着，还能重逢在尘埃落定时，只为确认他很幸福。

那么一声轻轻的问候，就剥落了你所有刻意伪装的坚强。那微笑的伪装顷刻间烟消云散，那个一直埋葬在心底的名字，模糊了双眼，惊醒了回忆。

原来，曾经发生过的事情不可能忘记，只不过是想不起而已。

在跌跌撞撞成长的时光里，在通向远方风景的人生路途中，遇上的人和事，无论好坏、喜悲，终将成为生命中美丽的过往，当回望时，别忘记对他说一声“谢谢”。

你要记得，一定会有那么一天，当你足够优秀、足够勇敢，你能坚定地从他面前走过，且带着一份从容，那将会是他从没见过的你。

一些人、一些事闯进生活，得到的，失去的，昨天的悲伤，今天的快乐，一切喜怒哀乐都要记得。当这一切都成了回忆，在我们记忆中又会留下了什么？

很多事过去了，很多人离开了，经历多了，心就坚强了，路就踏实了。

要有多勇敢，才能念念不忘

如果你伤害了巨蟹，放心吧，他不会报复，只会对你避而远之；如果你污蔑了巨蟹，放心吧，他不会解释，只会与你从此不相往来。

巨蟹相信沉默是最大的报复，时间是最好的证明。骄傲的巨蟹，内心强大得难以置信。

一旦是巨蟹爱过的那个人，即便经由岁月打磨，任凭山水相隔，也无法彻底地从巨蟹的心底抹掉。

如果当初我勇敢，
结局是不是不一样？
如果当时你坚持，
回忆会不会不这样？

他住的城市下雨了，你很想问他有没有带伞。可是你还是忍住了，因为你怕他说没带，而你又无能为力，就像你爱他，却给不了他想要的陪伴。

思念这东西，真的很没道理，不是为了缅怀往事而念念不忘，而是真的念念不忘。

岁月的洪流，卷走了青春，卷走了年华，剩下的只是一个被岁月刻下深深印痕的伤痕累累的躯壳，和一颗沧桑的心。

你要有多勇敢，才能念念不忘？

我们总是在错误的时间、错误的地点，懵懵懂懂就爱上那个人，然后，不得不用尽一生去遗忘。

在你最需要他的时候，他或许不在你身边；在你想要依靠的时候，他也不会适时地出现；在你需要安慰的时候，他的声音只能在电话里边；在你孤独无助的时候，他的身影只会出现在天边……

在你脆弱的时候，你要多想一个人躲起来，不愿别人看到自己的伤口。那时候，你多想哭，却难过得哭不出来，然后在接下来的夜深人静里，觉得寂寞深入骨髓。

人心是慢慢变冷，树叶是渐渐变黄，故事是缓缓写到结局，而爱，是因为失望太多，才变成不爱。

即便他的号码还在你的通讯录中，你们也不会再有交集了，剩下的就只是渐行渐远的交叉线。

也许你偶尔还是会幻想：如果你离去，彻底地消失在他的世界里，他会不会在某个清醒的午后想你想到心痛？如果有一天，在街上看到你的手被别人紧紧地握着，他会不会冲动地告诉你，他依然爱你？如果有一天你要死掉，临死前就是想看他一眼，他会不会不顾一切地来到你身边？

每个人都曾有一次奋不顾身的爱情。只有那一次，你想给他全世界，你用尽所有的勇敢，遍体鳞伤也没关系。只有那一次，可以什么都不在乎。

但只有这一次就够了，因为生命再也承受不起这么重的爱情：愿意为那个人丢弃自尊，放下矜持，不管值不值，不管爱得多卑微。

之后你才发现，自己突然变成了一个恋旧的人。就算是那些故去的片段，都成为洒满月光的日子的柔软牵挂，直到最后成为一缕悲伤的气息，渐渐在胸腔里蔓延，也未曾让自己放弃这份执着的念想。

你现在才觉得自己很傻。之前你骗自己说，那个人只是还没学会去爱一个人。原来他只是不爱你。

有一天，你听说他身边有新面孔，听说他不再寂寞，也听说他提起过你。

你也曾想过主动去联络，但还是选择在心底远远地问候。你心情最美丽的时刻，莫过于听说他还在回忆。

只是那个人永远都不会知道，他的一句话，你会记得很久；他的一个不以为然的承诺，你却仍苦苦守候。之后，再经过时间而改变、而变淡，渐渐地淡忘。

那种满怀的期待最终会化为无法愈合的疼痛，只在心底。

你终于累了，愤怒地说："离开我就别说你还想念我，要知道，每一次对回忆的补针，都会遭遇穿刺的痛。”

我知道，你很难忘记，因为曾奋不顾身地爱过，也曾华丽地拥有过，谁又舍得忘记呢？

我也知道，有些人是无法忘记的，即使在你成长之初他们就已经消失。但是他们被镌刻在你的生命线上，无法磨灭。让我们穷尽一生为了这些印记做两件事情：怀念，或者寻找。

但请你相信：很多我们以为一辈子都不会忘掉的事情，就在我们念念不忘的日子里，被我们遗忘了。你需要的，是时间和勇气。

对你而言是离开，对我来说是等待

巨蟹的忍耐是有限度的，而他却不会把这个底线表露出来。

每一次看似风平浪静的等待，其实都已经在巨蟹的心里累积情绪。所以某次你可能觉得巨蟹是突然翻脸的，其实他已经给了你很多次机会，在你不经意间，巨蟹已经无法容忍下去，因此他不会再回头，没有任何挽回的余地。

等待，并非执拗。
只是我也很好奇，
想看一下，
我是有多喜欢你。

如果曾经有一个人为了你而等待，不管是三年还是三个月，请不要那样轻率地选择拒绝。

这世间的缘分并不像空气那样廉价，再平凡不过的相遇与相识，在亲情以外，没有谁能够轻易而又不求回报地为一个人付出一段寂寞的等待。因此，你应珍惜。你们即使没有欣喜的结果，毕竟也一度温暖过冰冷的心。

一句“我等你”，不知道需要多大的勇气，它远比说出“我爱你”三个字更需要勇气。不是每个人你都愿意等待，也不是所有人都值得你去等待。

一句“我等你”，包含了很多的无奈、心酸、苦涩。或许是爱不到，或许是不能爱，无论怎样，“我等你”这个承诺，远比“我爱你”更动听。

可是有多少爱情禁得起等待？

等待与时间无关，它是一种习惯。它自由生长，而他无力抵抗。

走着走着，身就累了，前是悬崖，后无退路，不知该如何。明明说好要一路潇洒一路歌走向未来，可路怎么越来越窄了？

想着想着，心就痛了，一个想见却无法见的人，一个让你近乎痴迷却永远无法触摸的笑容，一份铭刻心底早已失去温度的温柔。

梦着梦着，泪就流了，那场华美的虚无让你近乎崩溃，再怎么歇斯底里也抓不住逝去的时光，唤不回曾经的温柔和依赖。

要知道，等待太久得来的东西，多半已经不是当初自己想要的样子了。

一路走过，看过那么多人经历爱情、路过爱情、享受爱情、逃避爱情，才发现，有一种爱禁不起等待，有一种爱禁不起伤害。

你明明知道你需要放手却放不下，因为你还是在等待不可能的发生，这种感觉真的很难受。

不要等到了一个笑容才面露慈善，不要等被爱了以后才要去爱，不要等到寂寞了才明白感情的价值。

不要等别人受伤了，才来乞求原谅；不要等到分开了，才想到去挽回。不要随随便便地承诺等待，因为，等待并不可怕，可怕的是没有尽头。

所以，永远不要轻言等待，等待是多么奢侈的东西。电影里，只需镜头切换，字幕上出现几行小字：二十年以后。然后红颜白发，一切都有了结局，而现在的人生，三年五载，其中哪一秒不需要生生地挨，一辈子真长。

爱既怕等待，也需要等待。

不管你经历了怎样跌宕起伏的过往，不管你承受过怎样曲折的感情，你都应该相信：不管你的条件有多差，总会有个人在爱你；不管你的条件有多好，也总有个人不爱你。

在对的时间遇到对的人，这是一种缘分，而这种缘分恰恰需要耐心等待，需要经历种种挫败才能遇见。

一路上的行走，你会遇上很多的人。也许陪你走一站的，只是一个过客，于是生命中留下了许多逗号，一段经历一个逗号，一段感情一个逗号，一段付出一个逗号，无数个逗号的等待，都只是为最终那个句号。

也许你不知道接下来遇见怎样的人，但我肯定，无论对方是怎样的人，他同样也渴望着你优秀、从容、美好，所以你不需要把大把的时间拿来幻想未来应当如何，而应该把所有的等待都用来武装自己。

只是为了当有一天遇见他时，能够理直气壮地说："我知道你很好，但是我也不差!"

所以，从现在起，给每一个日子都取一个温暖的名字。每天认真洗脸，多读书，按时睡，少食多餐；变得温柔、大度，继续善良，保持爱心。不在人前矫情，四处诉说以求宽慰，而是学会一个人静静面对，自己把道理想通。

这样的你，单身也无所谓啊，你那么虔诚地做更好的自己，一定会遇到最好的人而那个人也一定值得你等待。

等待的姿势里，人们模样各不相同。而我情愿你能带着笑坐在长椅上，剥一个橘子，哼一段曲调，不必忧虑，不必前后张望。

因为你知道，等待的那列火车一定会来，纵使满身尘埃，纵使山高水长。

你 不 必 冷 淡 ，
我 也 没 想 过 要 纠 缠

巨蟹喜欢和自己喜欢的人斗斗嘴，却不会大声吵架或者说根本不会吵架。你想吵，可以，巨蟹只会转头走人。甩掉巨蟹很容易，巨蟹不会纠缠，也不会乞求爱，更不会要施舍的爱。

巨蟹有着强大的自我开解能力，也有着无与伦比的自生烦恼的能力。所以巨蟹有时候强大到可以承受所有的孤独或失去，有时候又脆弱得禁不起哪怕一次的“没回应”。

巨蟹就是这样，从不愿别人失望，但自己却因此精疲力竭。

我做好了要与你过一辈子的打算，
也做好了你随时要走的准备。
这大概是最好的爱情观，深情而不纠缠。

偶然间，在某个街头，你与他匆匆相遇。匆匆得只一个微笑，路过，然后告别。

形同陌路也许是彼此间最好的结局。当忧伤形成一种姿态，伫立在他与你之间，纠结的最后就是一场无声的退场。

所以分开之后，先决定要离开的那个人大可不必故作姿态地保持冷漠，因为谁也没有想过要去纠缠。

也许你曾经想要永远地退出他的世界，想要彻底地删除有关于他的记忆，可是纠结的心无法如你一般决绝，痴傻的灵魂逃不掉羁绊，于是你只能一半明媚、一半忧伤，将过往边走边忘。

多遥远，多纠结，多想念，多无法描写疼痛和疯癫，他都看不见。

你可以受伤，但不能总是在受伤。所以别去纠缠那些要离开的人。

他准备启程，去看别的风景，对你不再留恋时，要记得千万别再去乞求什么，因为乞求而来的，除了失望，还会把原本还有的美好全都釜底抽薪般抛出。

有时候你也分不清，到底是因为你太爱哭了，他才变得冷淡，还是因为感觉到他的冷淡，于是你变得越来越爱哭。

你以为他生性冷淡，却亲眼看到他对另一个人嘘寒问暖。

于是你逐渐喜欢上他冷淡的微笑，不过度硬朗，也不温暖，但刚刚可以斩断你的自作多情。

爱的规则是：越喜欢，越胆怯。它让最大大咧咧的人变得小心翼翼，又让最无所畏惧的人开始战战兢兢，生怕不管不顾的勇往直前，会被轻视、受伤害。

所以很多爱的表现，是刻意的后退。有意疏远一个人，恰是因为太喜欢。

一个真正爱你的人，并不会想尽办法来得

到你，更不会满口谎言欺骗你，而是用心地帮你，一心为将来打算。

爱你的人有时候连死缠烂打都做不到，只会默默受伤、默默看你。爱得越深，就爱得越胆怯。

世上最遥远的距离，不是人与人相隔千万里，而是人与人近在咫尺，却心灵冷漠。

一个人，当他的心冷漠时，才会觉得人与人之间有遥远的距离。人与人之间的距离，只存在于人心，而不在路途遥远。

你所认为的那些高傲冷漠的人，都只不过是跟你不熟而已；你所认为的那些生性多疑的人，都只不过是不信任你而已；你所认为的那些难以相处的人，都只不过是不想和你相处而已。

所以请别再自以为是地定义感情，因为也许对方还没有开始重视你，甚至觉得连敷衍一下你的必要都没有。

毁灭一个人最佳的方法不是谋杀，而是打心底发出的恭维，看其自生自灭；恨一个人最佳的报复不是仇恨，而是打心底发出的冷淡，干什么花力气去恨个不相干的人？爱一个人最佳的方式不是占有，而是相敬如宾，涓涓细流才能天长地久。

所以，即使过去的岁月给你一千个伤心的理由，你也要找一千零一个开心的借口。不管那份爱多么残酷，都要保持一颗坦然的心，用你的笑容冰释所有冷漠的时光。

你爱的人离开你，没有什么，正如你不爱的人，你也要离开一样。爱情的美妙之处也许就在于不确定性，如果一开始就能预知结果，爱情也就失去了魅力。

想爱时争取，相爱时珍惜，不爱时放手。不要因为一次不合适的爱去纠结，而忘了怎么去继续爱下一个人。

唯愿余生过得从容而不慌乱，深情而不纠缠。

世界上那么多人，
而我庆幸能遇见你

当一个巨蟹对你说“我爱你”，请你注意了，一定要认真。因为巨蟹是一个很奇怪的星座，即使心里爱你百分之二百，也只会在嘴上承认百分之二十。

巨蟹不像某些星座，心里爱对方百分之二十却在嘴上放大一二百倍，那种事情，巨蟹不理解也做不来。所以，请珍惜巨蟹对你的真爱，他的每一份爱都是认真的。

少说一句，怕成遗憾；
多说一句，怕是惊扰。
“我喜欢你”四个字，刚好。

如果注定会有一场相遇，那就用一朵花开的时间相遇，愿你在最美好的年华里，用你最美好的姿态，遇见对的人。

如果这一生你只可以有九百九十九次好运，想必你也愿意把九百九十七次都分给那个人，只留两次给自己：一次是遇见他，一次是永远陪他走下去。

当一个人刻意追逐爱情时，总是错过，却不知道另一份爱情已经悄悄降临，就像他之于你。

遇见他之前，你的态度是，要和谁好，就是准备好过一辈子的那种。而你曾庆幸下一个遇见的是他；遇见他之后，你变得敏感又多心，想要靠近又迟疑。

你这么做的目的，只不过为了储存足够的爱、足够的温柔和狡猾，以防万一醒来就遇见他；你只不过为了储存足够的骄傲，足够的孤独和冷漠，以防万一醒来后他已离去。

若不曾遇见他，你不会相信，有一种人一相识便觉得温馨；若不曾遇见他，你也不会知道，庆幸竟是个如此幸福的词语。

相遇真的是种偶然，而那个人便是你生命中最美丽的意外，是心灵相互碰撞时的回音，是眼神交会时，眼底那一抹最神秘的气息。

他是你生命里最美丽的遇见，你们因这份遇见而欢喜，因这份遇见而惊奇，因这份遇见而丰富了心底的记忆。

你们曾站在四季的轮回里，欣赏这份遇见，如同欣赏不一样的风景，美轮美奂；你们曾在彼此的生命里驻足，共赏一片蓝天；你们曾在彼此的人生里牵手，一同走过风雨。

两个人相爱的证据就是不管在哪儿，彼此都在对方的眼里。爱情有时候就是这么简单。

他是你生命里最诚恳的遇见，你们曾放任彼此不倦的思念，任其在生命里灿烂辉煌，永不停息。思念，也在你们的心里轻柔地流动着。

就这样，你把生命中的精彩和浪漫，在午夜的梦中尽情演绎。就这样，你们牵手心灵，把这份感动带进生命，带进每个春夏秋冬，带进风霜雪雨。

两个人身体的紧紧相拥，是歪歪头就能靠到肩膀，是伸出手就能互相拥抱，而两颗灵魂的紧紧相拥，则是他高不高兴、健不健康，你真的可以看出来。

爱在岁月里蜕变，直到天荒地老；情在时间里沉淀，直到变成了永远。他是你心里最深的思念、最真的爱恋，他的爱让你忘记了曾经的伤悲，让你心甘情愿地把心交出来，让他保管。

爱像一场感冒，让人欲罢不能，不由自主；爱既酸楚，又甜蜜。

所以，如果你打算爱一个人，请一定要想清楚，是否愿意为了他，放弃如上帝般自由的心，从此心甘情愿有了羁绊。

你也说不准究竟是在什么时间、什么地点，看见了他什么样的风姿，听到了他什么样的谈吐，便使你开始爱上了他。

那是好久以前的事。等你发觉自己开始爱

上他的时候，你已经走了一半的路了。

再后来，你变得越来越孩子气，特别依赖他。有人说，你是真的爱上他了，你不知道那算什么，但你知道，你离不开他。

你是如此庆幸能爱上他，因为你爱的人是他，所以你努力让自己变得更好，努力做一个善良的人，努力热爱每一天的生活，努力用积极的态度面对挫折。

因为他，你从一个自卑的人变成一个自信的人；因为他，你明白了追逐梦想的感觉；因为他，你觉得自己变得更美丽。

这个世上有许多种爱情，有的浪漫动人，有的缠绵悱恻，有的沉沦痛苦，有的细水长流，但你相信再没有任何一种爱情能比你所得到的更好，你的爱情让你更爱生活、更爱自己。

第五辑

如果你不愿意，没有谁可以伤害到你

巨蟹自信起来全世界都属于自己，自卑起来自己是世界的弃儿；冲动起来没带大脑，理智起来像只冷血动物。

巨蟹爱得狂热起来连呼吸都忘了，冷淡起来对方的存在都可以忽略不计；粗心起来鞋子可以穿反，细心起来可以把别人感动到涕泪横流。

巨蟹坚强起来走在刀尖上都不会哭，软弱起来连下个决定都要问别人。

遇见过错的人，
才会知道谁是对的人

巨蟹很懒，不想活得那么累，能简单尽量简单，不爱解释。他们始终认为懂自己的不用解释，不懂自己的不必解释，不想管那么多不相干的事，巨蟹只挑自己爱做的事，要么不做，要做就做到最好。

其实巨蟹有时也是极端主义者，要么破碎，要么完美，不要中间；要么留下，要么离开，最受不了若即若离。

幸福就像一只蝴蝶，
当你追逐它时，它是难以到手的；
但是，当你安静地坐下时，
它却可能落到你身上。

摘不到的星星，总是最闪亮的；溜掉的小鱼，总是最美丽的；错过的电影，总是最好看的；失去的情人，总是最懂自己的。

你始终不明白，这究竟是什么道理。

后来才明白，人只有经历过不幸福，才知道什么是幸福；就像遇见过错的人，才会知道谁是对的人。

如果可以的话，我希望你不要再为了那些个离开你的人而做无谓的感伤。因为你要知道，时间会替你过滤掉那些伪装成友人的路人，留下真心待你好的人。

别再为错过了什么而懊悔。你错过的人和事，别人才有机会遇见；别人错过了，你才有机会拥有。人人都会错过，人人都曾经错过，真正属于你的，永远不会错过。

不适合的鞋子，就不要硬塞了，磨的是自己的脚；打电话对方不接，就不要一次又一次重拨了，珍惜你的人会第一时间打来；搬走的餐厅，就不要大老远过去吃了，你的时间不能一直花在追随的路上。

不要急着想知道所谓的“领悟”，人生的领悟，都要在不停的触碰中才能获得，别人告诉你的那些，终归不是你最切身的体会。

当青春变成旧照片，当旧照片变成回忆，当我们终于站在分叉的路口，孤独，失望，彷徨，残忍，上帝打开了那扇叫作“成长”的大门。

青春的旅途中，你一直都在学习一件事情，就是不回头，只为自己没有做过的事情后悔，不为自己做过的事情后悔。

人生每一步行来，都是需要付出代价的。你得到了你想要的一些，失去了你不想失去的一些。这世上的人，谁又不是这样呢？

不是所有的记忆都美好，不是所有的人都值得记忆，岁月的河流太漫长，大部分的人与事都会被无情地冲走，但是，与青春有关的一切，总会沉淀到河底，成为不可磨灭的美好回忆。令我们念念不忘的，也许并不是那些事和人，而是我们逝去的梦想和激情。

正如故乡是用来怀念的，青春是用来追忆的，当你怀揣着它时，它一文不值，只有将它耗尽后再回过头看，一切才有意义。爱过我们的人和伤害过我们的人，都是我们青春存在的意义。

两个人在一起时间长了，新鲜感就淡了，难免会产生裂痕。实际上大家都没变，只是时间变了。

爱情的路上，谁没有过分手的念头？谁没有挣扎的时候？

吵架是疯狂的交流，肯留下来争吵的总是爱你的。没有矛盾的爱情就是一种摆设，一潭死水罢了。但关键是不能随意放弃，因为只有经历过最痛苦的坚持，才配得上拥有最永久的幸福。

我们曾经都以为自己可以为爱情而死，其实爱情死不了人，它只会在最疼的地方扎上一针，然后我们欲哭无泪，我们辗转反侧，我们久病成医，我们百炼成钢。你不是风儿，我也不是沙，再缠绵也到不了天涯。

走散的，都是过眼风景；留下的，才是真的感情。

生命的美丽，只因在最美的年华遇到最美的风景；人生的繁华，只因在最困苦的岁月选择了坚持；流年的沧桑，只因经过年轮的沉淀，只求一份相濡以沫的陪伴。

一生中，离去的都是风景，而不曾离去的，才是人生。

但愿你不贪心，也不无目的地等待，若是找到感觉对的人，就别再左顾右盼了，青春的时间有限，你要用有限的时间去选择一种更好的生活，而不是用你的生命去找一个更好的人。

请相信，那些偷偷溜走的时光，催老了我们的容颜，却丰盈了我们的人生。

请相信，青春的可贵并不是因为那些年轻时光，而是那颗盈满了勇敢和热情的心，不怕受伤，不怕付出，不怕去爱，不怕去梦想。

请相信，青春的逝去并不可怕，可怕的是失去了勇敢的热爱生活的心。

温柔要有，但不是妥协

巨蟹其实有时候很奇怪，他不看好的东西，即使旁边的人说得天花乱坠，他也不会看一眼；但如果说话的人是他喜欢的，那他就会爱屋及乌。

巨蟹往往不太拿自己当回事，才会让自己被人骑上了脖子；巨蟹座就是太看重别人的感受，才使得最后受伤的都是自己。

记住，你是巨蟹座！你有两只大大的蟹钳，你也可以威武，你也可以强硬！不要过分隐藏你的脾气。

温柔要有，但不是妥协，
我们要在安静中，不慌不忙地坚强。

生活不是用来妥协的，你退缩得越多，能让你喘息的空间就越有限；日子不是用来将就的，你将就得越多，一些你想要的东西就会离你越远。

在有些事中，无须把自己摆得太低，属于自己的，都要积极地争取；在有些人前，不必一而再地容忍，不能让别人践踏你的底线。

只有挺直了腰板，世界给你的回馈才会多一点儿。

其实每个人都有潜在的能量，只是很容易被习惯所掩盖，被时间所迷离，被惰性所消磨。想着换学校的时候，想着刚毕业的时候，哪一个人不是踌躇满志、跃跃欲试？只是骨感的现实生活实难企及丰满的梦想世界。

挫折不断，信心的丧失，意志的磨灭，来自外部的各种压力呈现出的反射性妥协，只是有的人妥协一阵子，而有的人妥协了一辈子。

相信世上有好人，但一定要防范坏人；相信自己很坚强，但不要拒绝眼泪；相信金钱能带来幸福，但不要倾尽一生追求；相信真诚，但不要指责虚伪；相信成功，但不要逃避失败；相信缘分，但不要盲目等待；相信爱情，但不要求全责备。

原谅一切，不是无视，而是真正的容纳、忘却、彼此消融。这是一个意味不明但含蓄悠长的微笑。

有人尖刻地嘲讽你，你马上尖酸地回敬他；有人毫无理由地看不起你，你马上轻蔑地鄙视他；有人在你面前大肆炫耀，你马上加倍证明你更厉害；有人对你冷漠，你马上对他冷淡疏远。

看，你讨厌的那些人，轻易就把你变成你自己最讨厌的那种样子。这才是“敌人”对你最大的伤害。

这世上总有个人，你每次与他说话，都有所得。遇到了，是运气；没遇到，也是运气。

人生的道路上，最终还是靠自己走完，你

可能很想要依赖，但你必须坚强。

爱上一个人就像被诅咒一样始终得不到任何回应，无论你如何讨好、如何妥协、如何退让。

但是用讨好、妥协和退让换取来的，不是爱情，甚至不是怜惜和尊重，而是无止境的无视、轻贱和伤害。

一个人的状态挺好的，想看书了就看书，累了就睡觉，想吃啥就吃啥，不想联系谁就自己安静一阵，出去旅行或宅在家怎么都好。

对爱情最好还是保持点洁癖，不要随便开始，不要急着妥协，真正值得的东西都不会那么轻易。

我们一直觉得妥协一些、将就一些、容忍一些就可以得到幸福，但当你的底线放得越低，你得到的就是更低的结果。

不要总抱怨自己遇到的人都不靠谱，如果别人总这么对你，那么一定是你教会了别人用这样的方式对你。

爱是平等的，可以付出更多，也可以爱他更多，但绝不是妥协、将就、容忍。

你将来会碰到很多你不欣赏、不赞成的人，而且必须与他们共事。这人可能是你的上司、同事，或下属，你必须每一次都做出决定：是与他决裂、抗争，还是妥协、接受。

抗争，值不值得？妥协，安不安心？在信仰和现实之间，你要自己找到平衡点。

你还要知道，终有一日我们都将妥协，我们都会被这个世界完美地驯服，但是在最后的那次妥协之前的每次不妥协，都是最为宝贵的财富，那将是你更好地生活下去的资本。

慢慢地，你会逐渐学会接受，接受意外，接受变节，接受误解，接受努力了却得不到回报，接受世界的残忍和人性的残缺。但这不代表你妥协，你还会去努力、去爱、去为遥不可及的一切付出心血。

世界上最难的事，莫过于在热闹之中按兵不动，在诱惑面前不忘初心。

别偏激，按兵不动不是让你停滞不前，不忘初心也并非不可以放眼未来。冷静，不是迟钝；沉默，不代表妥协。

改变能改变的，接受不能改变的

巨蟹不喜欢向别人提要求，对朋友一点要求都不会提。如果巨蟹向你提要求，就代表对你的喜欢和信赖非同一般，不过就算再信赖一个人，巨蟹也很少开口要求什么。

巨蟹是随遇而安的人，对巨蟹而言，不去束缚一个人，不因为自己而去勉强改变他人的人生轨迹，也是一种温柔。

任何事情到了最后都是好的，
如果不好，说明还没到最后。

不在任何东西面前失去自我，哪怕是教条，哪怕是别人的目光，哪怕是爱情。

时间在不断地教会我们接受真实的东西，无论是真实的幸福，还是真实的痛苦。

所谓的成长，就是有勇气去改变能改变的，有胸怀去接受不能改变的。

青春的路上，我们都在奔跑，我们总在赶超一些人，总在被一些人超越。

但生活的要义，一是欣赏沿途的风景，二是抵达遥远的终点。你要寻找一种最适合自己的速度，千万不要因为激进而不堪重荷，也不要因为迟缓而空耗生命。

一个人若能做自己喜欢做的事，并且靠这养活自己，同时能和自己喜欢的人在 起，并且感到快乐，这就够了。

在年少时，生活是盾，我们是矛，自以为坚硬，于是总是爱以棱角冲撞它，看看它背后藏着什么。但那时生活原谅我们的年轻，所以不与我们计较。

而长大后，走出了校园，走出了青春期，才发现生活的真实面目是矛，不断地在冲击我们，坚硬而冰冷，于是我们只能将自己变成一只盾，再疼也要把棱角磨平。

实际上，接受不同，接受特别的境遇，你会享受到更美好的人生。就像一幅由众多物件简单拼凑而成的画，牛只是一头牛，草地也只有青草和鲜花，而穿过树枝的阳光也仅仅只是一束光，但如果将它们放到一起，就会产生醉人的美丽。

你知道孤独、挫败这种东西，在某个时段会突然降临到你的身上，从此变成你的一部分，或许这是每个人必经的过程。

你要接受自己本来的样子，接受自己孤单的样子、挫败的样子、失落的样子，学会和这样子的自己相处。

不妨这么说，有时候承认自己其实很软弱，比假装自己很坚强有用得多。

你和你周围的很多人一样，很难接受孤独、无聊、失败，无法承认自己，所以你在人前永远要用各种外物和谎言装饰自己，以为这样便可完美无缺。

然而接触久了就会知道，和这样的人相处会有一种不真实感，就像你在接触一个虚的东西，感受到的、投映到的都是虚假的，华而不实。

真正有内在的人，从不炫耀他所拥有的一切，他不告诉人他读过什么书，去过什么地方，有多少已经取得的成绩，因为他没有自卑感。他也会因此而活得真实。

每个人的成长过程都会从小时候觉得自己最独特，到后来开始否定以前的自己。人生大概就是不停地在莫名的自信和自卑间摆动，直至寻求到平衡点。

后来发现，最好的状态是对世界保持谦卑，对自己保持独立，然后充分认识到自己到底是个什么样的人。

孤独或许难熬，但这是你的一部分，你总得坦然接受。你或许没有太多天分，但这也是你的一部分，你还是需要坦然接受。

因为接受了这些，你才能觉得充实，才会

觉得脚是落在地面上，也才能真真切切地活着。不管是在人前人后，还是挫折不断的时候，你都能保持自我的节奏。

逃避自己的人，最终只能导致自我世界的崩塌，而变得越来越没有安全感。充实只能从内到外，安全感也永远是自己给自己的最可靠。

一个人在人前怎么糊弄都行，但自己的那关过不了就没有任何意义。逃避得了一时，逃避不了一世，而所谓的成长，就是越来越能接受自己本来的样子，也能更好地和孤单的自己、失落的自己、挫败的自己相处。

你要记得，许多事情的答案从来都不是只有一个，所以我们永远有路可以走。

一个人最好的模样大概是平静一点，坦然接受自己所有的弱点，不再因为别人过得好而焦虑，在没有人看得到你的时候依旧能保持节奏。

这样或许会走得很慢，但会走得比谁都坚实，不用害怕一脚踩空，也不用害怕走到别人的轨道上去。

如果你不愿意，没有谁可以伤害到你

巨蟹通常脾气很好，他有着极强的压抑心理，可以将任何情绪掩盖在外表之下，并且你要相信，他有这个本事一忍到底。

巨蟹通常不发作是为了不让别人难堪，他很爱自己的面子，自尊心极强，他也很懂得保护别人的自尊和面子，但不要以为巨蟹好欺负，这个星座是天使与恶魔的合体。

如果你不愿意，
没有谁可以伤害到你。

你曾经以为没有了他，你就没有了全世界，可现在他走了，你的世界还在。

原来，失去一个爱人，无关乎世界；原来，你只是短暂地看不清方向，或者不愿意往前走；原来，他伤害你，只是因为你给了他伤害的机会。

在流泪的时候觉得委屈，其实心里已经慢慢学会坚强。

如果你不愿意，没有谁可以伤害到你。

我们都不够爱自己，会为了别人的眼光而委屈了自己。只因世人都太爱附着在表层的东西：物质名利、各种可有可无的关系、无聊的人情应酬、无谓的利益纠葛、无度的妥协退让……

面对世界，时常胆战心惊，生怕自己做得不够好。

其实，你只是对不起你自己。

永远不要认为我们可以逃避痛苦、避免伤害，我们的每一步都决定着最后的结局，我们的脚正在走向我们自己选定的终点。

出门在外，不论别人给你热脸还是冷脸，都没关系。外面的世界，尊重的是背景而非人本身。朋友之间，不论热脸还是冷脸，也都没关系。真正的感情，看的是内心而非脸色。不必过于在意人与人之间一些表面的情绪。真正懂你的人不需要分冷热，不懂你的人也用不着你笑脸相迎。

情绪这东西，你不在乎，它就伤不到你。

人生在世，是为了体验自己的生活，倘若总是试图迎合他人，将永远无法找到幸福和成功。所以，别再太忧心于别人的看法。

你要记住，你的眼光停留在什么地方，什么就会影响你。

有些自己不喜欢的人和事，尽量远离，不评价也不同流合污。人这一生，像奔腾的流水，各有各的流向，你很难说不会受到他人的影响。

只要你清楚自己最想做的，又没有妨碍或伤害到他人，就放手去做吧。那时，羞耻心、不安、负罪感都不再那么重要了。其他的，就交给时间解决。

什么是真正的强大？不是美貌，不是才华，也不是伪装，而是在失落、悲伤、打击和孤独后能够迅速宁静下来的心，和饱受伤害后依旧留存的那一点点温暖。

真正需要强大的，不是你的外貌，而是你的心。

其实，伤害我们的不是现实的苦楚，而是记忆让我们有不同程度的不甘心，所以记忆当年曾经的美好，能让人避免伤害。

你还是要相信，我们对自己好，就不怕别人对我们不好。我们选择对别人好，别人就不可能都对我们不好。

我们总喜欢给自己找很多理由去解释自己的懦弱，总是自欺欺人地去相信那些美丽的谎言，总是去掩饰自己内心的恐惧，总是逃避自己犯下的罪行。但事实总是，有一天，我们不得不坦然面对那些罪恶，给自己心灵以救赎。

生命中总有那么一段时光，充满不安

巨蟹没安全感，巴不得和朋友、恋人天天在一起。巨蟹座小气，容不得最爱的人和异性接触。

巨蟹认死理，在巨蟹的眼里只有对与错、爱与恨。巨蟹座诚实，受不了常撒谎的人。

巨蟹嘴上说得很潇洒，却终究敌不过自己内心的脆弱，像孩子一样缺乏安全感，偶尔会哭得撕心裂肺，渴望与所有人分享简单的快乐。

把阳光给了大家，却把悲伤留给了自己，这便是温柔的巨蟹。

跌跌撞撞地走到今天，
突然才发现自己是这么漫无目的，惶恐不安。
原来，你所有的坦荡和洒脱，
都是为了掩饰内心的不安。

生命中总有那么一段时光，充满不安，我们除了勇敢，别无选择。总有一段路，需要一个人走，那你就勇敢地漫步，华丽地走完。

世界愈悲伤，你要愈快乐；人心愈险恶，你要愈善良。当黑夜降临，你要敢于独自面对，然后做一个毫不退缩、不屈不挠、不怨天尤人的人，做一个勇敢地接受人生所有挑战的人。

生命里的每一次创伤都是一种成熟，每一次失去都是一种获得。

人生从来不是规划出来的，而是一步步走出来的。勇敢地去做自己喜欢的事情，哪怕每天只做一点点，时间一长，我们也会看到自己的成长。

不管你想要怎样的生活，你都要努力争取。

但愿有一天你会明白，生活给我们的不仅仅是阴暗，我们终究会长大，会勇敢地正视过去、现在和未来。

你说你想要当自由撰稿人，可从不见你努力写稿；你说你想考研，可从不见你背单词做题；你看到学霸出没，于是嗤之以鼻，说这样活着没意思；你看到有人旅行，又不屑一顾地说这只是随大流。

这真让人怀疑，你挂在嘴边的是不是逃避现实的借口？你是不是在一遍遍逃避和自我安慰中变得惴惴不安？

你不太聪明，还没有别人起得早；你起得晚，还睡午觉；你睡午觉，还久睡不起；你睡着了，还惦记着今天先好好玩，自我安慰明天再开始努力……

有时候最怕的不是你在路上慢别人几拍，而是你连奋起直追的心都没有。

既然你知道路远，那么从今天开始，就要早点出发。

爱情最重要的属性是什么？是要“开心”。

如果你爱的人让你悲从中来、心中不安，

那么这爱就有问题。如果你爱的人只会给你烦恼、让你痛苦，那么这爱已经几乎结束了。如果你爱的人让你产生刻骨铭心的痛，使你绝望，那么这就不是爱，而是残忍。

这些是因为这个世界真的就不存在安全感，还是因为每个人都说自己没有安全感，所以你也觉得自己没有安全感？

其实，真正的安全感从来都是来自于自己。别人给你的能量总有一天会消失的，只有自己给自己的安全感才最可靠，只有行动才会给你带来安全感。

请你一定要记得，不管现在的你是一个什么样的德行，你都是你梦想和明天的安全感。

时间一天天过去，我们终会因我们的努力或堕落而变得丰富或苍白。

当你看书看到头昏脑涨、两眼通红的时候，当你按着遥控器不停转台的时候，当你翻着通讯录不知道打给谁的时候，当你独自穿越人群看着两岸灯火找不到归属感的时候……你就应该听起一首歌，看起一本书，想想自己最初的坚持和你站在这个地方的理由，然后抬起头勇敢地走下去了。

很多时候，世界对你的态度取决于你对世界的态度，没什么好抱怨的。

不要过分地在乎身边的人，也不要刻意去在意他人的事。在这世上，总会有人让你悲伤、让你嫉妒、让你咬牙切齿。并不是他们有多坏，而是因为你很在乎。

所以想心安，首先就要不在乎。你对事不在乎，它就伤害不到你；你对人不在乎，他就不会令你生气。

在乎了，你就会不安，那你就已经输了。什么都不在乎的人，才是无敌的。

你要感谢你遇到的挫折，是它们让你不断蜕变和成长。那些曾经让你哭泣和不安的人，你要相信他们也是上帝派来的天使，他们化身为敌，让你不能懈怠，让你坚强成长。只要未来越来越光明，希望还在，让我们一起走向曙光。

愿再次相见时，我们都已褪去青涩和不安，都能独当一面。

活得淡然，何必执着得有些不堪

巨蟹最大的魅力是他的矛盾所在，没有人知道他想什么，除了他自己。

巨蟹愤怒的底线虽低，但是真的伤到他了，他会变得跟撒旦一样凶残冷漠。

每个巨蟹都是天生的演技派，是成熟和幼稚的混合，天使和恶魔的交集。很少有人能真正了解巨蟹，因为巨蟹是真正的矛盾体。

当你可以直面自己身体里与生俱来的笨拙与孤独，
你便能够彻底谅解过去的自己。
大多数人都像我们这样活着，虽不聪明，但诚恳，
虽会犯错，但坦然。

当你遇到一件事，感觉无法解决，甚至已经影响到你的生活和心情时，何不停下脚步，多些思考，换个角度，换种方法，也许事情会简单许多。一味地原地踏步、绕圈或太执着，只会让自己陷入痛苦的深渊。

生命总有挫折，但那不是尽头，只是在提醒你：该转弯了！

对于爱情，应该多些淡然，少些执着。

爱情就像一块巧克力，就算再怎么高级、经典，甚至好吃到让你心跳、流泪、难忘，赶上不好的天气，遇到闷热、潮湿、暴雨倾盆，如果你不舍得马上吃，它肯定会“中暑”，然后软掉、患上很严重的畸形甚至偏瘫。

这样的巧克力，即使捧在手心，你也很难再有从前的喜欢了，即便巧克力依旧是巧克力。

所以，对于那些已经“融化掉”的爱情，你的执着显然就

像夏天的浊气，只会让你越来越透不过气。

爱情就是傻瓜的游戏，只要爱了，每个人都是傻瓜，就算这次你长了记性，下次你还是会成为傻瓜。只是，别做执着的傻瓜，别把执着当作爱情的图腾。

执着是一种负担，放弃是一种解脱。人没有完美，幸福没有一百分，不能拥有那么多，何必要求那么多?

对于友情，也应该多些欣赏、少些计较。

你在人群中，遇见这样一个人。你们性格相近、喜好相同，有着一分执着、九分淡然。不奢望回报地陪伴着对方，然后四目相接，发现对方的眼里这般明若铜镜，你从他的眼里看到你自己，心口有花，开得安静又清冽。

这是友情最美好的模样，未饮酒，人却醉了。

对于不平的事，更应该多些理解，少些固执。

当你明明知道结局的时候，就不要在一件事情上刨根问底。因为得到的只不过是借口罢了，那么又何必固执呢?

成熟的标志之一是懂调侃，知道去体谅和理解。不仅调侃世界，也自我调侃；不仅理解别人，也理解自己。不要固执，不要得理不让人，不要企图改变他人，不要以自己认定的道德标准要求他人，学会理解最奇怪的事物，学会欣赏与自己距离最远的艺术风格。一句话，学会随便，随便才能宽容。

其实人的悲、喜、爱、憎都像一朵花一样，你睁开眼看它，它就存在，你闭上眼，也完全可以当它是虚无。这样想，就可以释然，太执着真的没有必要。

不要轻易去依赖一个人，这会成为你的习惯，当分别来临，你失去的不是某个人，而是你的精神支柱。无论何时何地，都要学会独立行走，这会让你走得更坦然。

拥有正能量的人，会对生活乐观、对自己信仕。他们知道生活本来就悲喜交加，所以已经学会坦然面对。当快乐来临时，会尽情享受。

谁也摆脱不了烦恼的纠缠，唯有安静地等待时光救赎

巨蟹最容易产生自卑心理，在神情上、行动上都可以很容易地看出，他们经常会为自己不会处理人际关系而自卑，为此总是低调行事，尽量不引起别人的注意，能待在家里就尽量待着不出门，为的就是怕跟别人有不必要的接触，而自己不会讲场面上的话、不会圆场。

有时候巨蟹会觉得自己好像生活在众人之外，觉得自己是被上帝遗忘的人，所以经常有慌乱的、无能为力的、不安的感觉。

每个年龄都有每个年龄相匹配的烦恼，
无一例外；
每个年龄的烦恼，都会在那个年龄的地方，
安静地等着你，从不缺席。

一件事，想通了是天堂，想不通就是地狱。

有些时候我们由于太小心眼，太在意身边的琐事而因小失大、得不偿失。有些事是否会引来麻烦和烦恼，完全取决于我们如何看待和处理它。

别总拿什么都当回事，别去钻牛角尖，别太要面子，别小心眼。不在意，就是一种豁达、一种洒脱。

长大，是一生中最大的一场沦陷，这是谁都无法避免的。

当你慢慢长大，烦恼越来越多，有时候还会抱怨的时候，你会发现，其实小孩子往往才是我们的老师：头发抹一抹，深呼吸，转脸，微笑，烦恼都没了。

如果说，童年是人生中最美的梦境的话，而长大则是从梦境沦陷到万劫不复的梦魇之中，永难醒来。

一件叫作童年的玉器碎了后，童话般斑驳的光影便流散了，童真的纯净，童趣的无邪，童稚的欢愉，便尽数烟消云散，只剩下一地光阴的尖锐碎片，发着俗世的寒光，等着去扎疼以后几十年的岁月。

所以说，长大是残酷的。它让一个人从澄澈走向污浊，从明媚走向世故，从无知走向有畏，从简单走向复杂，从自我走向失去自我。

一个人活着活着，如果突然间丢了原来的自己，那一定是长大了。从此，一地鸡毛的生活，琐碎地摊在面前。看长辈的眼色，与玩伴周旋，同疲惫妥协，跟烦恼纠缠，纠结于得失，迷失于欲望，为生活流离，为生活奔波，怅对生离，痛对死别。这就是长大。

长大了，你才知道，这是多长的一场痛。

爱一场，恨一场；哭一回，笑一回；伤一次，疼一次；苦一阵，甜一阵。酸甜苦辣，五味杂陈。

长大了，你便不再能为自己而活了，而是为生活而活，为他人而活，为这个俗世而活。所以，长大实际上是向生活的一次全面彻底而又无奈的投降。

投降的意思是，你走不开，逃不掉，又逞强不得，有时候，还要奴颜婢膝装一把孙子。

长大了，你明白了，懂了，看透了，却因为知道得太多，了解得太深，清醒得太久，你越聪明就会越难受，越计较就会越痛苦，越在意就会越失意。

人生的寂寥与哀愁，人生的怅惘与失意，人生的悲苦和酸辛，人生的荣辱与起落，人生的幸与不幸，都在长大的岁月里。

长大了你才知道，岁月带给我们的，会是一道多深的伤。

总有些时候，生活就像掉进了深深的泥沼，无论向哪里走，天空都是化不开的阴霾。命运就是以德报怨的家伙，我们从未亏待过生活，但是坏消息却往往比美好的计划来得更快。

这就是现实，你不得不承认。于是，在那些难挨的夜晚，我们苦恼、难过、自暴自弃、破罐子破摔。

直到有一天，我们恍然觉悟，原来生活中的烦恼，都是在帮助我们成长。

于是你逐渐明白，再慢长的夜晚都会过

去。那些你一直以为无法横越的烦恼和困难，总会在之后的岁月烟消云散。

当人被烦恼包围的时候，一定看不到触手可及的光芒，其实很简单，向前走，不停步，再大的风暴都有被穿越的时候。

生命很广，未来很长，我们有的是时间体验失败。你有理由相信，你的坚持，一定能换来云淡风轻的明天。

青春在我们缓慢的人生里留下了些许美丽，它惊艳了世间的繁华，人只要生活在这个世界上，就会有很多烦恼。但是，痛苦还是快乐取决于你的内心。

再重的担子，笑着也是挑，哭着也是挑。再不顺的生活，微笑着撑过去了，就是胜利。

第六辑

总是在快乐的时候，感到微微的惶恐

你要相信，巨蟹的敏感、多愁善感，还有第六感，一定不是没有理由和根据的，只是稍微推测一下，发现结果还真是自己想的那样。

这样的结果就是，巨蟹座陷入到无尽的自我折磨、忧郁以及想要给自己打抱不平，但是又小心翼翼的死循环中。

总是希望被理解，
却又害怕被别人看穿

巨蟹在争抢东西方面总是最弱的。属于自己的东西总是被人抢走还一副无所谓的样子，给人留下懦弱无用的形象。其实，不是巨蟹没有能力去争抢，只是巨蟹明白一个道理：真正属于自己的东西不用去争去抢。这不是优点，也不是缺点，只是巨蟹一种与生俱来的性格。

巨蟹更希望自己是被人理解的一方，可又害怕由于对方太了解自己，而暴露了自己内心深处的秘密。

我总是掩藏真正的自己，
害怕被别人一眼看穿。
如果你在人群中觉得我陌生，别惊讶，
那不是真正的我，我还是你从前认识的我。
所以，请别离我太远，
让我找得到你。

有时候，你多么希望能有一双睿智的眼睛能够看穿你，能够明白了解你的一切，包括所有的斑斓和荒芜。那双眼眸能够穿透你的最为本质的灵魂，直抵你心灵深处那个真实的自己，他的话语能解决你所有的迷惑，或者对你的所作所为有一针见血的评价。

你甚至为此问过上天："可不可以有一个人，可以看穿我的逞强，可以保护我的脆弱。"

你还曾祈求过上天，希望你遇到的人会在你的眼泪掉下来以前，就用大大的手掌捂住你的眼睛，轻声说你的眼睛只有微笑的时候才最好看。

你还希望那个人会在你受委屈的时候把你的脑袋按在他的肩膀上，告诉你在他的面前永远都不需要伪装坚强。

其实你只是希望能有个人，在你说没事的时候，知道你不是真的没事。

一个从不回头的人，未必是因为勇敢，也许是怕被人识破脸上的泪痕；一个时刻微笑的人，未必是因为快乐，可能是怕被人看穿心底的叹息。

真实，是件很难的事。人总怕被生活轻视，拼命活出一副坚硬的样子。久了，就离自己越来越远。

要有多强大，才能学会不掩饰？一生中最有分量的一个字，原来是“真”。

每个人都是一座孤岛，你必须学会融入，生活才不至于像看起来的那么寂寞，你必须学会这个世界上那些看得见、看不见的规则，在“做自己”和“取悦他人”之间找到平衡。

很长时间，你对这努力经营出来的样子感到满意，但内心很清楚，这不是生活的真相。

曾经的信誓旦旦，也许只是敷衍；原来的扑面热情，不过只是一时。

回忆既懒惰又自欺欺人，留下的都是最好的或者最坏的经历，以及印象最强烈的景象，被抹去的则是日常生活中的点点滴滴。

有些事自己知道就好，没必要去追问，因为答案未必能让人接受；有些人自己认清就好，不值得去难过，因为感情不能强求。

难过的时候，不需要倾诉，不需要安慰，不需要批判，不需要声讨，不如独自做回顾，像上映一场一场默片。

有的人无法陪你看完电影，但会在门口等你散场，然后傻笑着去另一个地方。再难过，有个可以倾诉的人在身边，就可以顺利逃亡。

我们不能责怪一些人为什么不能一直在身边，因为每个人都有自己的心情和生活。我们不能责怪一些人为什么不能一直理解你，因为每个人的想法都有合理的缘由。

人生的每一处都是变化的开始，有时离开一个人会让你脆弱，有时也能让你更坚强。如果离开的有了新生活新陪伴，你也就该往前走了，决定权在你自己。

任何一颗心灵的成熟，都必须经过寂寞的洗礼和孤独的磨炼。世上最糟糕的感受，就是不得不怀疑先前深信不疑的东西。

因为不想再被人看穿，于是学会了掩藏；因为不想再被人刺伤，所以学会了伪装。

既然你的关心对别人而言只是可有可无的讨好，凭什么你要为他人而辜负了自己。生活教会我们的就是没有人可以宠你一辈子，要想走得精彩坦荡，唯有独立坚强。

其实日子过得好，真的不是有多少人疼你，而是无忧无虑无烦恼。

人总要慢慢成熟，将这个浮华的世界看得更清楚，看穿伪装的真实，看清隐匿的虚假，很多原本相信的事便不再相信。

但是，要相信，这个世界里美好总要多过阴暗，欢乐总要多过苦难，还有很多事值得你一如既往地相信。

总是在快乐的时候，感到微微的惶恐

即便是眼前的生活足够满足，巨蟹还是很难获得安全感；即便当下的感情很幸福，巨蟹还是会心存不安。

巨蟹习惯性地躲进“壳里”，在自己的幻想中编织安全感和不安，而从来没有想到如何主动将危机转化为机遇。巨蟹总在捕捉自认为最好的时机，但是那个时机却总是无法到来。

所以，对于生活巨蟹需要冒一点险，你经历的痛苦，会变成治愈你的办法。你会发现，原来自己也可以为自己创造安定的感觉，当你安定了，也会吸引安定的人来到你面前。

总是在开怀大笑时，流下感动的泪水。
我无法相信单纯的幸福，对人生的起伏悲喜，
既坦然又不安。

你是个不善于表达的孩子，太多的幸福与美好潜藏在心里，安静地自我表达，不争不抢地自我满足。

你想要告诉那个人那些关于你的小幸福，想要告诉那个人那些有了他之后的心满意足，想要告诉那个人有了他在便一片天蓝的安心踏实。

可是，所有这些，你却不知如何开口说给他听，只是希望，你不说他也都懂。

当你爱上一个人的时候，你就会情不自禁地使出各种手段讨他的欢心，用你的卑微换取他哪怕是片刻的笑容。

我们愿意在一个人面前卑微，可是，如果你一直在无私地付出，对方一直在坦然地接受，你一直在委屈自己，对方一直无视你的尊严。这样的爱情，恐怕算不得爱情。

真爱上一个人，你的心底会生出更多更多的惶恐，会日日想尽一切办法抓住他。

你要知道，在这个世界上，真的存在另一种爱情，没有撕心裂肺的疼，没有你来我往布满荆棘的试探，也没有你若分手我便上吊的惨烈，有的只是安心。

这种爱让你感觉踏实，不纠结，它不会让你患得患失，或者妄自菲薄。

很多大道理都明白，但总得经过失去、跌倒后，才能在痛和反省中找到自己。我们用跌倒的疼痛换来坚定，正因为知道失去了什么，才知道该抓紧什么。

所以不要害怕走弯路，任何经历都是在成长。

不要害怕做错什么，即使错了，也不必懊恼，人生就是对对错错，何况有许多事，回头看来，对错已经无所谓了。

时过境迁之后，当你站在车水马龙的喧闹街边，却怎么也记不起他的电话号码时，惶恐过后却是踏实的释怀。那些曾经以为永远也放不下、忘不掉的在乎，真的在自己的眼前消失不见了。

在往后的日子里，你的身边依旧有人走掉，也会有人进来，没有谁是需要你去乞求才选择留下的。

很年轻时恋爱就像飞蛾扑火般奋不顾身，后来烧退了醒了。之后不是没遇到好的，只是温度没那么简单传到心里。你也知道两个人终归比一个人温暖，但你还是在等。

你说那人出现时你的温度会从心里传来，你不害怕发烧因为对方和你一样。这感觉让你安心，就像看着万家灯火、漫天星星和稻田里的萤火虫。

慢慢承受着，学着不诉哀伤，是的，隐忍，我会努力，我会回归最初的淡漠，再见，自以为是的青春，再见，想象中的美好，当现实赤裸裸地告诉你必须面对的时候，除了微笑，只能微笑。

你可以得到爱情，可以得到婚姻，可以得到优质生活，但如果得不到安全感，那这一切又有什么用呢?

生活在富足的恐惧中，还不如生活在安定的贫乏里。你以为自己要的是一个爱人，但到最后才会知道，真正想要的，无非是安心。

所以，幸福不是努力去爱，而是安心地生活。

青春的痛感，在于它的茫然无措，会矫情地放大微不足道的伤口反复拉扯，其实没有必要。你要带着伤义无反顾地向前奔跑，而不是待在原地惶恐犹豫、裹足不前。

虚心接受失败，也骄傲地肯定自我，年轻，没什么输不起。

二十岁的我们能有多少真实之物，连承诺也未必真实。但我只是希望，你能成为一个对自己负责、对自己的追求义无反顾的人。那么在不久的将来，你一定会明白，原来世上还有义无反顾这样让人动容和安心的事情。

回首往事，
不过是虚惊一场

巨蟹是善解人意的，总是默默付出，也能默默承受。

在爱情里，巨蟹的耐力很强，他可以把恋人当作小孩子一样来照顾，呵护得无微不至。巨蟹的自尊心很强，对朋友也很好，只是有时候别人不懂得珍惜。

巨蟹懂得爱情的珍贵，不会为了面包而放弃爱情，忠贞和坚持是巨蟹的爱情优点，但他有时也会因为这一特质而苦了自己。

我曾理解的好梦大多都变成空欢喜，
而现在想想，
倒不如给我虚惊一场。

很多时候你总是在想，如果一切都已经成为定局，再怎么想回头和争取，都已经徒劳无功了。爱情，梦想，青春，都是一条条单行道，走过了，就不会再重来。

你曾经以为自己的时间有很多很多，多到你可以继续掩耳盗铃地去挥霍感情，多到你可以任性蛮横地伤害自己和关心自己的人。

多年过去之后，当身边的人事快速变换，旧人不见踪影，新人尚未到来，你才恍然大悟，生命的种种不由你控制。

"虚惊一场"这四个字是人世间最好的成语，比起什么兴高采烈、五彩缤纷、一帆风顺都要美好百倍。

你可懂什么叫失去？

最痛苦的时候，并不是分手的那一瞬间，而是时间的陈酿越久越清晰地发现他好像真的离开了，那一丝丝刺入骨髓的深刻。

太容易失去的东西往往本来就不属于你，真正属于你的东西，即使被短暂遗忘了，铺满了灰尘，也会牢牢地霸占你内心的一个角落，等着终有一刻被击中、被唤醒，就像初恋跟梦想。

有些伤痕，划在手上，愈合后就成了往事，有些伤痕，划在心上，哪怕划得很轻，也会驻留于心。能放下的就放下吧，放不下的，就让它搁在记忆里，只是你，别再拿悲伤去喂养它。

往事悠然一笑间，不必空忧。你一路走来，只是为了告别往事，走入下一段风景。倘若让忧伤填补了生命的空白，就真的是亵渎了生命。

有些爱，散了就不会再来；有些人，离开就消失不见；有些事，破碎就无法复原；有些时光，注定要成为你的挽歌。

你喜欢的，要么错过了，要么已经名花有主了；喜欢你的，却总觉得缺少一种感觉。

于是你抱着追求真感情的态度，寻找爱情，可是总觉得交际面太窄，没有办法认识理想的类型；于是你抱着宁缺毋滥的态度，自由着，孤单着。

明明在深爱，却表达不完美；明知要放弃，却不甘心就此离开；明知无前路，心却早已收不回来；明知会受伤，却不愿意放手。

明知要等待，却傻傻地独自寂寞；明明不联系，却会拼命地想起对方；明明想沉默，却又不知觉地滔滔不绝。

你只需要记住，每一次烦恼的出现，都是一个给你寻找自己缺点的机会。

当有人在失恋时向你哭诉："当初他什么都没有，要不是我看上他对我好……"在一堆埋怨之后，你只记住了"因为他对我好"这几个字。

但请你记住，"别的什么都没有，只是对我好"算不上优点，试想一下，一个一无是处的人除了百依百顺，还能拿出什么筹码？等到他占得先机，这也很可能是他最先抛到脑后的东西。

"你为什么不理我？"这是只有小孩子才能问出来的话，不在乎自尊，不在乎姿态高低。

随着越长越大，所有人都渐渐学会了保护自

己，在别人疏远前先一步动身，在别人冷淡时加倍地冷淡，在得不到的时候大声说："我根本就不想要啊！"

总会有一天你会明白，当你以一种更加宽容和博大的胸怀去接纳这个世界的善恶时，世界也会以一种前所未有的姿态去包容你的一切，包括你的得失、你的遗憾、你的错过。而那个时候才是真正的成长，你终将可以成为不一样的更好的自己。

等你重新站在幸福里，再次回首往事，那些苦涩、不堪，都不过是虚惊一场。

我害怕
你说你也喜欢我

有人说巨蟹很了解人，也总能帮你忙，甚至帮你解决一些你无法解决的问题。但从来没有人问问巨蟹，你是不是很难过，你需不需要肩膀，你需不需要这东西？巨蟹的独立让人心疼。

巨蟹总是自己保护自己，依靠自己，总让人感到巨蟹很坚强，可又有谁知道，巨蟹早已筋疲力尽。巨蟹一直怕孤单，但从来都很孤单。

你说你喜欢雨，但是你在下雨的时候打伞；
你说你喜欢风，但是在刮风的时候你却关上窗户。
这就是为什么，我会害怕你说你也喜欢我。

年轻时你总是在开始时毫无所谓，在结束时痛彻心扉。而长大后成熟的你避免了幼稚的伤害，却也错过了开始的勇气。后来即便遇到了那个很爱的他，你也会变得很小心，每一个动作，每一个表情，甚至呼吸都开始不自觉地谨慎了。而一旦看不到他呢，就会到处搜寻，想象着此刻的他在干什么呢？当脑海里出现他和别人恩爱的画面，又会懊恼和伤心。

能够称得上爱情的，是一种深沉的情感，它是一种静静的付出、默默的相守、无言的挂念、深深的祝福。

很多时候，它是一种不能表达的情感，翻涌的激情在胸中澎湃，但是你只能任浪潮汹涌而来，而后待它静静消退；万千的话语在口中即将喷涌而出，但是你只能嚼碎了咽进肚子里，让一切消逝于无痕，那是一种只有自己才能体味的辛酸。

或许有时你深爱一个人，但是你永远都不会说、不能说。

每个人的心里都有一座城，城里住着一个人，虽然近在咫尺，却又远隔天涯。每个人的心里都有一个不可能的人，就算是非常喜欢，但也不能在一起。

世界上最远的距离，不是你在地球的这头，而是他在地球的那头，也不是你在他身边，他却不知道你爱他，而是他明明知道你爱他，却不远不近地与你平行，让彼此永远没有交集。

不敢惊动爱情，生怕爱得潦草，生怕失去，生怕握得太紧，又生怕握得不够紧，所以有时候宁愿站在墙外面窥探，还以为这样可以不伤害对方，也不被伤害。

有时候，没有下一次，没有机会重来，没有暂停和继续。有时候，错过了现在，就永远永远没机会了。只是因为太年轻，所以所有的悲伤和快乐都显得那么深刻，轻轻一碰就惊天动地。

被爱的人脾气总是暴躁的，因为他深信你不会离开他，而主动爱的那个人脾气好是因为他害怕失去，所以才什么都包容你。你越来越善解人意，就没人在意你的委屈和计较。

遇到事情只会由着自己脾气吵架的，这是不懂事；吵架总要吵赢对方的，这是不懂爱；一个不开心随随便便闹分手的，这是既不懂事又不懂爱。

你说，在最初相遇的路口，如果转身，便不会有这样那样的事情发生。关于这场遇见，你还是后悔了。

你很感谢，感谢生命里有这么一个人，曾经让你为他伤感、为他欣慰、为他落泪、为他停留，你庆幸自己从来不曾说出口，从来不曾说的你的深沉的纯洁的久远的爱恋。你忽然觉得，生命里因为有了这么一个人、这么一种情，从而脱离了尘世的流俗显得高雅可爱了许多。

亲爱的，你的生命里是否有过这么一个人，有过这么一种情，长久地温暖过你？

到哪里找那么好的人，配得上我们明明白白的青春。到哪里找那么对的人，陪得起我们千山万水的旅程。可正因为那个人那么好，所以你才害怕，害怕惊动了爱情。

有些人，因为不想失去，所以，决不染指。

孤独之前是迷茫，
孤独之后是成长

巨蟹偶尔说话很直接，不经过大脑。

巨蟹沉默起来谁都不理，狂热起来连呼吸都忘了，冷淡起来把对方当透明。

巨蟹幼稚起来可以去读幼儿园，深沉起来可以媲美哲学家；疯狂起来可以把天捣塌下来，安静起来仿佛消失在空气中。

孤独不是给别人机会来可怜你，
而是给你机会发现更强大的自己。

每一个强大的人，都曾咬着牙度过一段没人帮忙、没人支持、没人嘘寒问暖的日子。

过去了，这就是你的成人礼；过不去，求饶了，这就是你的无底洞。

不必把太多人请进生命里。若他们走进不了你内心，就只会把你的生命搅扰得拥挤不堪。

孤单，并非身边没有朋友，只是心里无人做伴儿。都市里遍地是热闹而孤寂的灵魂，来来往往的行人，不过是命中的游客，越热闹越冷清。

生命无须过多陪衬，需要的仅是一种陪伴。

二十岁出头，你确实处于这样一个尴尬的年纪，迷茫，无知，不知所措，感受着前所未有的孤独。

你总是在期许自己有一个美好的未来，殊不知这期许的未来总是有无数的可能，于是你又陷入如何选择的慌乱与迷茫。

真正孤独的人从来不去想它，因为如果你已经很孤独了，又救不了自己，你所能做的只是不想。

这样的年纪，你或许总是感到孤独，再不像孩童时那样，交得几个知心好友。更徒添伤悲的是，身边仅剩不多的好友也有了“新欢”，忘却你这个“旧爱”。

就这样，孤独日复一日地陪伴左右。

最难过的事情不是遇不见，而是遇见了、得到了，却又匆忙地失去。然后，心上便因此纠结成了一道疤。它让你什么时候疼，就什么时候疼。

孤独的你会不停地去追求，自由地做自己喜爱的事而不受外人束缚：你想唱歌时就肆意唱歌，丝毫不用理会世俗的眼光；你想旅行时就大胆旅行，完成一场说走就走的旅行也算活得潇洒漂亮。

没错，尽管你孤独，但你却有着别人羡慕的潇洒、随性、不羁。也许就是这样的日复一日，你孤独久了，便思考多了，人也就成熟了。

你这样的年纪，内心不够深沉，心智不够成熟，知识不够丰富，甚至理想也不够坚定，伴随着的还有那与日俱增的孤独，那么还有些什么自始至终地支持着你?

大把的时间、无数的野心与抱负还有充足的精力等等，这些都在你的手中。你或是随遇而安、不问世事，或是选择永无止息的奋斗，无论如何，这都是你的青春。

时光总是不经意间让你认识一些人，然后又不经意间带走一些人。不必过分执着，坚持到底就变成错误，抽身而退虽是遗憾，也可能会有点滴失落，却不会过分苦涩，因为得不到或已失去的东西总是最好的，消逝的总是刻骨铭心的，珍惜或放下，都是生命中必经的过程。

有些人，你以为可以见面的，有些事，你以为可以一直继续的。然而，也许在你转身的那个刹那，有些人，你就再也见不到了。

当太阳落下又升起来的时候，一切都变了，一不小心就再也回不去了。

人在孤独中有三种状态：

一是惶惶不安，茫无头绪，百事无心，一心逃出孤独。

二是渐渐习惯于孤独，安下心来，建立起生活的条理，用读书、写作或别的事务来驱逐孤独。

三是将孤独本身变成一片诗意的土壤、一种创造的契机，诱发出关于存在、生命、自我的深邃思考和体验。

或许，你终有一天习惯了这孤独寂寞、理解了这孤独。你坚定地知道，生活的信仰在于随生而变、随心而定。不过，在你看透孤独之前，请你多一份坚持与笃定，多一份乐观与积极，尽管有时会无力、寂寞，但终会有人陪你一起颠沛流离。

孤独，是日复一日的成熟；成熟，是日复一日的孤独。

不主动怕失去，
主动又怕自作多情

巨蟹是很被动的星座，与朋友相处时，许多方面都是去配合旁人。

巨蟹觉得朋友很重要，因此在诸如“去哪里玩”“吃什么”这样选择性的问题上总是会顺他人意，说得最多的就是“随便”这个词，因为这一切在巨蟹眼里是不重要的，重要的是和什么人在一起、开不开心。

对于爱情，巨蟹往往被动，最为明显的表现是不去主动联系对方，宁可任由思念成灾，也不轻易表露。

我能想到最甜蜜的事，
就是在喜欢你的每一天里，被你喜欢。

你不太主动找人聊天，看起来你毫不在乎他，其实他不知道你忍住了多少次想要联系他的冲动。所以，你主动找的，其实都是你真正在乎的人。

与此同时，当你懒得去主动联系时候，你会慢慢接受对你主动的人。

“思念”和“不主动”一样，都是一种病，前者无法制止，无法痊愈；后者宁可兀自神伤，也决不让思念“叛逃”到别人那里。而实际上，在爱情里，如果两个人都很被动，一段美好的缘分不免在时间的摧残下消磨殆尽，并不是两个人不适合，而是双方都习惯于等待，等待对方先主动。于是没有耐心的人选择离开，最后徒留遗憾。

与人发生矛盾时，有人选择争吵，有人喜欢冷战，也有人会选择和解。

相爱的人不要轻易宣战，因为冷战带来的伤害，超出任何一方的预计。只要你喜欢他，没有什么是你接受不了的；只要他喜欢你，就没有什么问题是解决不了的。

在相爱时存下点感动，在冷战时懂一些感恩。这样，问题就变得容易多了。

懂得主动让步的人是聪明的，这是把决定事态走向的主动权握在了自己手上。

在感情对抗战中，赢了面子就输了情分。死撑到底的人，往往最后都成了孤家寡人。弯腰不是认输，只是为了拾起丢掉的幸福。

你知道，不主动会失去，但你也害怕，太主动显得自作多情，换来的是不被珍惜。

选择被动的人，在多数情况下，并不是某个人是你的一道坎，而是你给自己设了一道坎。你把别人想得太好，把自己设置得太被动。

你以为对方旧情未了，和你在一起不过是填补空白时光；你以为自己前缘再续，不过又让自己成了一次备胎。但正确的做法是，永远不要选择被动等待，把主动权交给他人。被动意味着放弃，除非你从不担心错过和失去。

每个人都有属于自己的思念，思念着那些故人，思念着那段时光。有时想着想着感觉心里暖暖的，可有时也会感到沉甸甸的。

没有人能告诉我们，思念究竟有多重，到底需要多少坚强和理智才能够承载？但每个人都应该知道：爱，始于相遇，止于被动。

谁能弄明白思念是种什么味道？为什么有时甜有时酸？为什么有了思念我们感到孤独，没了思念又感到孤单？

当你站在喧闹的街头，看着擦身而过的人群，望着相似的背影，不由得会有片刻的失神和发呆，这一刻你才知道，思念竟是如此拥挤和不由自主。

你一边长大，一边学习成熟。你学会了承受分离，却学不会承载思念。于是思念变成了一种幸福的忧伤，它总是在我们触景生情的刹那间把幸福一下子涌进你来不及难过的心里。

这个世界正是因为有了思念，我们才会感觉内心充盈，才不会感到孤单。

有人说，表面高冷内心却温热的人，平时不会主动联系别人，别人联系自己的时候永远都是随叫随到，有时在别人眼里觉得你已经离他们越来越远了，只有自己才知道：自己虽然不善于保持联系，但是内心依旧把彼此的情感保鲜如初。

外冷内热的人任由思念成灾，也决不打搅他爱的人。于是在天空和他之间，落起了倾盆大雨般的思念。

不知道自己想要什么，
但清楚自己不要什么

巨蟹很特别，面对突如其来的事件可以比任何人都冷静，处理得井井有条，令人咋舌。

面对感情，巨蟹常常犹豫不决，怕自己受伤，又怕伤害别人。巨蟹喜欢别人发自内心的关心，不喜欢物质的引诱。

巨蟹不给自己不喜欢的人丝毫机会，对自己喜欢的人则超级纵容。

这个世界喧嚣拥挤，但寂寞却总是类似，
所以能拥抱的就要紧紧拥抱，能守护的就别轻易错过。

没人在乎你怎样在深夜痛哭，也没人在乎你辗转反侧要熬几个秋。外人只看结果，自己独撑过程。

等你都明白了这个道理，便不会再在人前矫情，四处诉说以求宽慰。

生命中许多东西都会迟到。即使你最初就开始寻找，也可能要等上漫长的时日，关于这些爱迟到的家伙，你对它们说："我不在乎你是不是来晚了，我在乎的是，来了之后你还会不会走。"

人生，总有太多期待一直失望，总有太多梦想一直落空，总有太多言语无人可诉。

其实，有些事，轻轻放下，未必不是轻松；有些人，深深记住，未必不是幸福；有些痛，淡淡看开，未必不是历练。

坎坷路途，给身边一份温暖；风雨人生，给自己一个微笑。生活，就是把快乐装在心中，然后静静融化、慢慢扩散。

有些人，看似简单无心机，实则内里杂念丛生，用笨拙可笑的想象力把你弄脏。而另外一些人，貌似荆棘密布，却枝干离离，清晰直白，立场公正，心性单纯。

所以，你要知道自己想要什么、不需要什么，因为知道自己想要什么样的心灵，就会选择什么样的朋友，同时拒绝另一类朋友。

选择决定命运，环境造就人生。有时，懂得如何避开问题的人，胜过知道怎样解决问题的人。

很多时候，当你不知道怎么办的时候，请选择随顺因缘，也许这就是最好的选择，胜出者往往不是因为能力而是因为观念。

要用行动控制情绪，而不要让情绪控制行动；要让心灵启迪智慧，而不能让双耳支配心灵。

其实每个人都很清楚自己想要什么，但并不是谁都有勇气表达出来。渐渐才知道，心口如一，是何等的强大！

因为生活，一些人消极地选择了哭泣；因为生活，一些人却积极地选择了微笑。

其实，生活的本身充满苦涩，蕴藏着不同的酸甜苦辣，但生活并没有拖欠你什么，至少它给了你生命，给了你生存的成长空间。

所以，没有必要总苦着脸，只有懂得微笑的人，才能紧紧牵住生活的手，微笑着走在快乐的路上。

没有安全感的人，总是想要证明自己的重要性。明明是依赖，却要表现出无所谓的样子；明明是在意，却要表现出毫不在乎的样子。

慢慢才知道，太在乎别人往往会伤害自己；慢慢才知道，对自己好的人会随着时间的流逝越来越少；慢慢才知道，很多东西是可遇不可求的，很多东西只能拥有一次。

慢慢才知道，真心对一个人好不一定有回报，而你忽略的人往往是最重视你的；慢慢才知道，原来现实如此无奈；慢慢才知道，自己长大了。

一个人爱不爱你，在不在意你，你是感觉得到的。不要骗自己，不要勉强自己，更不要放弃自己的原则、降低自己的标准。

世界上的诱惑很多，天上永远不会掉馅儿饼，不要因为贪图一时的快乐而付出惨痛的代价。

如果发现错了，一定要止步；如果发现不是自己想要的，一定要拒绝。

当你与众不同，便会孤独，那些批评与排斥，也可以成就你孤独的光环。问问自己，愿意和批判你的人们交换人生吗？你知道答案是很清楚的。

当你自己选择了与众不同的生活方式后，又何必在乎别人以不同的眼光来看你？

你不需要全世界的理解和陪伴，不必强求无所谓的结果和答案，因为人生在世，知道你爱什么，知道你要什么，知道你在做什么，就够了。

图书在版编目(CIP)数据

你虽柔软，却有力量 / 林小仙著. — 北京：现代出版社，2017.9

ISBN 978-7-5143-6400-2

Ⅰ. ①你… Ⅱ. ①林… Ⅲ. ①散文集－中国－当代 Ⅳ. ①I267

中国版本图书馆 CIP 数据核字(2017)第 238944 号

你虽柔软，却有力量

著　　者	林小仙
责任编辑	赵海燕　毕椿岚
出版发行	现代出版社
通信地址	北京市安定门外安华里 504 号
邮政编码	100011
电　　话	010-64267325　64245264（传真）
网　　址	www.1980xd.com
电子邮箱	xiandai@vip.sina.com
印　　刷	吉林省吉广国际广告股份有限公司
开　　本	880×1230　1/32
字　　数	132 千字
印　　张	7.5
版　　次	2018 年 2 月第 1 版　2018 年 5 月第 2 次印刷
书　　号	ISBN 978-7-5143-6400-2
定　　价	38.00 元